MACHT MICH ZUR EUREN

BRIDGEWATER COUNTY - BUCH 5

VANESSA VALE

HOLEN SIE SICH IHR KOSTENLOSES BUCH!

TRAGEN SIE SICH IN MEINE E-MAIL LISTE EIN, UM ALS ERSTES VON NEUERSCHEINUNGEN, KOSTENLOSEN BÜCHERN, SONDERPREISEN UND ANDEREN ZUGABEN ZU ERFAHREN. SIE ERHALTEN EIN KOSTENLOSES BUCH FÜR IHRE ANMELDUNG! TRAGEN SIE SICH IN MEINE E-MAIL LISTE EIN, UM ALS ERSTES VON NEUERSCHEINUNGEN, KOSTENLOSEN BÜCHERN, SONDERPREISEN UND ANDEREN ZUGABEN ZU ERFAHREN. SIE ERHALTEN EIN KOSTENLOSES BUCH FÜR IHRE ANMELDUNG!

kostenlosecowboyromantik.com

1

ACEY

„Das allerbeste Geräusch", sagte ich zu meiner Assistentin Tessa und bezog mich dabei auf das automatische Türschloss, dass gerade zugefallen war.

Ich lehnte mich zurück in den Plüschsitz – er war genauso bequem wie ein Sessel in der ersten Klasse im Flugzeug, aber ich befand mich am Boden und fast zu Hause. Was war schon ein mühsamer Weg durch den Verkehr von LA nach einem vierzehn Stunden Flug? Ich seufzte und lehnte meinen Kopf zurück.

„Sogar noch besser als jemand, der deinen Namen für den Gang über den roten Teppich ankündigt?", stichelte Tessa, während wir es uns bequem machten und darauf warteten, dass eine fünfköpfige Familie damit fertig wurde, ihr Gepäck in einen SUV, der vor uns stand, zu laden.

„Oh ja. So viel besser", antwortete ich, wobei ich meinen Hals von links nach rechts und zurück drehte, um die Verspannungen zu lösen. „Du weißt, ich liebe meine Fans, aber eine zweiwöchige Pressereise ist genug. Das Gleiche gilt für den Haufen Papparazzi außerhalb der Zollabfertigung. Und für diese fanatischen Fans, die absolut nichts über mich wissen." Ich zeigte aus dem Fenster auf eine Gruppe Star-Anhänger.

„Klingt, als hätte jemand eine Massage nötig."

Während Tessa den Korb voller Zeitschriften, Schokolade und Champagner, den ihr Büro geschickt hatte, untersuchte, beobachtete ich müde die Menge draußen. Unbeeindruckt von den getönten Scheiben, rempelten sich meine Fans mit den Ellbogen an, während sie versuchten mit ihren Handys ein Foto von mir zu machen. Ich war von Natur aus ein Mensch, der es allen recht machen möchte, aber ich zog dennoch geringfügig Befriedigung aus den frustrierten Gesichtsausdrücken der Leute, die realisierten, dass sie durch das Glas nichts erkennen konnten. Sie wollten mehr von mir und ich war nicht gewillt, es ihnen zu geben. Nicht jetzt. Nicht nach dem langen Flug von Süd-Korea, nicht in meinen Leggins und Pullover, meinen Haaren, die zu einem unordentlichen Knoten gebunden waren. Nicht, wenn alles, was ich wollte, war, für zwölf Stunden in mein Bett zu krabbeln.

Die Flugzeugsicherheit tauchte endlich auf, um den Durchgang frei zu machen. Zur gleichen Zeit beendete die Familie vor uns das Einpacken und stieg nacheinander in das Fahrzeug. Unser Auto begann sich in Bewegung zu setzen, was ich als Hinweis verstand, einen tiefen Seufzer auszustoßen und noch tiefer in den Sitz zu sinken. Keine Kameras, keine Fans. Ich konnte ich selbst sein.

Tessa gluckste. „Also, willst du, dass ich dir eine buche?"

Ich rieb mir über die Stirn. „Was? Entschuldige. Ich bin erschöpft." Es war taghell draußen, aber ich hatte keine Ahnung, welche Uhrzeit war. Alles, was ich wusste, war, dass ich die internationale Datumsgrenze überquert hatte und einen Tag zurückgegangen war.

„Die Massage. Möchtest du, dass ich eine für dich

veranlasse? Ich kann einen Anruf tätigen und anordnen, dass sich der Masseur, den du gernhast, mit uns bei deinem Haus trifft."

Mein Kopf fing an, sich automatisch auf und ab zu bewegen – die erwartete Antwort. Jeder wusste, dass, von einem großen blonden Wikinger mit wundervollen Händen bearbeitet zu werden, die Wunderheilung für den Los Angeles Stress sein sollte, aber nein. Ich konnte nicht einmal mehr zählen, wie viele Stunden ich damit zugebracht hatte, durchgeknetet und eingerieben zu werden, seit ich mein Kleinstadtleben als Lacey Leesworth aufgegeben hatte, um der aufsteigende Star Lacey Lee zu werden.

Keine dieser Massagen hatte auch nur irgendetwas bewirkt. Statt zu nicken, drehte ich meinen Kopf, um zu Tessa zu schauen, die einen Stapel Boulevardzeitschriften durchblätterte, den sie auf dem Schoß balancierte.

„Nein. Ich brauche keine Massage. Ich brauche..." Eine der Boulevardzeitschriften lenkte mich ab und ich setzte mich aufrecht, griff nach der Zeitschrift. „Oh mein Gott. Meinen sie das ernst? Eine Junihochzeit?"

Tessa drehte das Schmierblatt schnell um, aber es war zu spät. Ich lachte humorlos auf und schüttelte meinen Kopf.

„Ich würde sagen, dass ich das nicht glauben kann, aber natürlich kann ich das. Ich muss allein in Süd-Korea hundert Interviews gegeben haben und alles, worüber jeder reden wollte, war mein so genanntes Liebesleben."

Liebe? Hah.

„Du weißt, wie die Medien sind", entgegnete sie und verdrehte die Augen. Da sie für eine PR-Firma arbeitete, musste sie sich damit vierundzwanzig Stunden am Tag auseinandersetzen. „Sie lechzen nach der nächsten großen Liebesgeschichte. Du bist der aktuelle TV-Liebling und Chris ist – äh, hat das Potential der nächste große Rock Star, für den alle schwärmen, zu sein." Ihre Stimme veränderte sich, als sie von Chris sprach. Die Worte waren mit etwas Zweifel gefüllt. „Natürlich will jeder, dass ihr zwei zusammen seid."

Anstatt mich zu beruhigen, sorgte dieser Satz dafür, dass ich mit den Zähnen knirschte. Jede Erwähnung von Chris verursachte das in diesen Tagen. „Ja, ich verstehe die Medien. Ich...argh!" Ich wedelte mit den Händen durch die Luft. Die Geste deutete all meinen Frust auf die Medien, die Fans und sogar Chris an.

Tessa zuckte zusammen und tätschelte mein Bein. „Du bist ausgebrannt. Jeder würde das nach all dem Filmen und der Pressereise sein. Niemand hätte gedacht, dass die Hunters Serie so ein Erfolg werden würde. Vampir Romanzen haben immer noch eine riesige Anhängerschaft, nicht nur hier in den USA, sondern auch auf dem asiatischen Markt. Du bist seit fünf Jahren in diesem Tempo gegangen und gegangen und weißt, wie es ist. Lass all diese Sachen hinter dir. Außerdem ist es ja nicht so, als würde jeder glauben, dass du letzten Monat Elvis geheimes Baby bekommen hast." Sie verwendete ihren vertrauten, beruhigenden Tonfall, der wahrscheinlich das Erste war, was sie ihr im Prominenten Management Kurs beigebracht hatten.

Das war etwas anders gewesen. Elvis war gestorben, bevor ich geboren wurde. Chris hingegen lebte und na ja – soweit ich wusste – blühte er in den Berichten über unsere kaum-reale Beziehung auf.

„Mit 'all diesen Sachen' meinst du all diese Lügen?" Ich schnappte mir die Zeitschrift von ihrem Schoß, hob sie hoch, so dass ich mein lächelndes Gesicht auf irgendeinem roten Teppich Event sehen konnte. Ich erkannte das rote Kleid. Paris? Sydney? Ich konnte mich nicht erinnern. Ein kleineres Bild von Chris befand sich in einem Kasten in der rechten Ecke, eine große, fette Überschrift verkündete auf dem oberen Teil „Hochzeitsglocken oder Hochzeithölle?". Ich warf sie zurück auf Tessas Schoß, dann starrte ich aus dem Fenster und beobachtete, wie LA vorbeizog, dennoch sah ich zur gleichen Zeit überhaupt nichts.

„Das ist Hollywood, Lacey. Du bist ein Fernsehstar. Sehr wenig über dein Leben ist wahr. Wenn die Wahrheit bekannt werden würde…"

Tessas Stimme verlor sich mysteriös, was mir ein echtes Lachen entlockte. Ich warf ihr einen amüsierten Blick zu.

„Du sagst das, als hätte ich irgendein verborgenes, dunkles Geheimnis, wenn doch nichts weiter von der Wahrheit entfernt ist. Wie Elvis Kind der Liebe zum Beispiel." Ich konnte das Lächeln, das an meinen Lippen zupfte, nicht verhindern. „Alles, was ich mache, ist arbeiten und schlafen. Ich könnte mir nicht einmal die Hälfte der Dinge ausdenken, von denen sie behaupten, dass ich sie tue. Mein Leben ist seit meinem ersten Vertrag ein offenes Buch und die Paparazzi haben sich alle Informationen zu meinem Leben davor selbst besorgt. Nicht einmal mein echter Name ist ein Geheimnis."

Sie warf mir einen Blick zu, der alles aussagte. Sie bemitleidete mich. Ja, ich hatte Geld und Ruhm, aber sonst nichts und sie wusste es. Sie wusste, wie es wirklich war, eine berühmte Schauspielerin zu sein und deswegen war sie zufrieden damit, hinter den Kulissen zu bleiben, anonym für die Fans und Stalker. Wenn Tessa mich zu Hause absetzte, würde sie nach Hause gehen, um Tennis zu spielen oder in die Bücherei zu gehen. Vielleicht würde sie sogar ohne Makeup im Lebensmittelgeschäft einkaufen. Normale Dinge eben. Ich hatte seit Jahren nicht das Innere eines Lebensmittelgeschäftes gesehen. Ich konnte nicht meine eigenen Produkte auswählen, ohne dass mir die Paparazzi folgten, schreckliche Fotos knipsten und sie online stellten und behaupteten, ich würde eine Saftdiät machen. Gott bewahre, ich würde meine eigenen Tampons kaufen. Ein Artikel über eine Fehlgeburt oder ein Beitrag darüber, dass der Pickel auf meinem Kinn offensichtlich von meiner Menstruation herrührte, würde am nächsten Tag auftauchen.

„Ich habe es nicht so gemeint", entgegnete sie. „Aber was glaubst du, wie würden die Fans reagieren, wenn sie wüssten, dass du und Chris nicht ihr Traumpaar sind? Schlagzeilen werden nicht aufgrund von 'zwanglosem Daten' und 'wir haben uns gut verstanden, aber es ist nichts Ernstes' gemacht." Tessa machte an all den richtigen Stellen Anführungszeichen in der Luft.

Ich verdrehte meine Augen und seufzte. „Ich weiß nicht. Vielleicht würden sie anfangen, wieder auf meine schauspielerischen Fähigkeiten zu reagieren anstatt all diesem...Quatsch. Was glaubst du, würden die Leute sagen, wenn sie wüssten, dass Chris und ich während der letzten Woche nicht mehr als eine einzige SMS ausgetauscht haben?"

Tessa bekam einen panischen Ausdruck. „Erzähl das niemandem."

Ich lachte bei ihrem Gesichtsausdruck. „Ja, das habe ich gemeint. Die Wahrheit würde meine Karriere ruinieren, was so lächerlich ist, dass ich nicht einmal auflisten kann, auf wie viele Arten. Ich hasse das, Tessa. Ich will nicht, dass mich die Leute an Chris verheiraten und ich grolle dem PR-Team, dass es mich dazu gedrängt bei hat dieser ganzen, dämlichen Charade mitzumachen, während ich weg war."

„Okay. Warte mal." Tessa legte all die Boulevardzeitschriften zur Seite und setzte sich so hin, dass sie mir ins Gesicht blicken konnte, wobei sie ein Bein unter sich zog. Sie trug enganliegende Jeans mit Sandalen mit Keilabsatz, ein süßes Top mit Rüschen an der Vorderseite. Es war offenkundig, dass sie nicht auf einem Flug von Asien gewesen war. „Was ist wirklich los? Du bist viel mehr neben der Spur als normalerweise. Wenn es ein Burnout ist, können wir ein Retreat zur Selbstpflege veranlassen. Selbstpflege ist im Moment sowieso ein großes Schlagwort. Deine Fans werden vor Bewunderung durchdrehen und die Presse wird dem folgen."

„Die Presse wird anfangen darüber zu spekulieren, ob ich Chris Baby erwarte. Oder dass ich in einer Entzugsklinik bin."

Ich konnte mich nicht entscheiden, was schlimmer war – eine Fake-Schwangerschaft oder eine Fake-Magersucht. Vielleicht sollte ich ein paar Tampons kaufen gehen. Das würde zumindest eines der Dinge ausschließen.

Tessa öffnete ihren Mund, aber dann schloss sie ihn mit einem reumütigen Lachen. „Okay, da hast du mich erwischt."

„Mm-hmm. Aber ein Retreat klingt wundervoll." Seufzend ziehe ich meine Haare aus dem schlampigen Pferdeschwanz, glätte es und binde es wieder nach hinten. Ich war überall auf der Welt, dennoch wollte ich weg. Nicht zu einem überfüllten Terminplan voller Meetings, Interviews, Premierenparties und roten Teppichen. Nein, irgendwohin, wo es ruhig war. Keine Kameras. Keine Handys. Kein Netz.

Tessa wirkte aufrichtig besorgt. Wir arbeiteten lang genug zusammen, dass ich wusste, dass sie sich wirklich um mich sorgte, wenn auch nur, weil ihr Job davon abhing, dass meine Karriere stabil blieb. Die professionelle Barriere hielt uns davon ab, Freundinnen zu werden, aber da sie hier in LA das ähnlichste zu einer Freundin war, das ich hatte – und die Tatsache, dass sie eine Vertraulichkeitsvereinbarung unterschrieben hatte, nicht meine Geheimnisse mit anderen zu teilen – entschloss ich mich dazu, mich ihr anzuvertrauen.

„Du hast recht. Es ist mehr als ein Burnout. Ich bin einsam, Tessa. Wenn ich zu Hause bin, gibt es nur mich und es ist noch schlimmer, wenn ich auf Tour bin. Bitte erzähl mir nicht, dass ich all diese 'bewundernden Fans' habe." Ich konnte auch in den Schlüsselmomenten Anführungszeichen in der Luft machen. „Ich will nicht – naja, ich will Fans. Offensichtlich. Aber die wankelmütige Liebe von Billionen von Fremden kann mich nicht aufrechthalten, vor allem nicht, da die Person, zu der sie sich hingezogen fühlen, ein fiktiver Charakter ist. Eine Reihe von ihnen." Ich seufzte, zog an dem Bändel meines Kapuzenpullovers. „Oh, du weißt schon, was ich meine."

Tessa nickte langsam, was ihr dunkles Haar zum Schwingen brachte. „Ich denke, das tue ich. Also – was ist mit Chris? Wäre es wirklich so schlimm, mehr als zwanglos mit ihm zusammen zu sein?" Auf meinen trockenen Blick hin rümpfte sie die Nase und lachte. „Okay, ja, dumme Frage. Er ist ein arroganter, selbstverliebter Idiot."

Nicht zu vergessen, ein Ausnutzer, aber das musste ich Tessa nicht erzählen. Sie war sich im Klaren darüber, wie positiv sich unsere angebliche Beziehung auf Chris Karriere auswirkte. Auf meine? Nicht so sehr. Ich war bereits der Leinwand-Liebling. Unsere so genannte Verlobung war reine Erfindung, herbeigeträumt von der PR Firma, die sowohl Chris als auch mich repräsentierte.

Ich zuckte mit den Achseln. „Er ist...ich weiß nicht. Chris ist einfach nicht, was ich will."

Ich wollte Liebe, die süße, einfache, unkomplizierte Art von Liebe, die meine Schwester gefunden hatte. Ich wollte eine sofortige Verbindung. Ich wollte einen Mann, der mich mehr als alles andere wollte. Heißen Sex auch. Ja, ich wollte das mit einem Kerl, der wusste, dass er mit mir im Bett war, der echten Lacey.

Wozu waren Geld und Berühmtheit gut, wenn niemand mein wahres Ich wollte? Die Frau, nicht den Star? Und Chris wusste nicht einmal, wer mein wahres Ich war. Es war ihm egal.

Die arme Tessa verdiente nicht so ein ernstes Gespräch, weshalb ich mit den Schultern zuckte und ihr ein schwaches Lächeln schenkte. „Okay, buche mir ein Retreat. Stell sicher, dass es jede Menge lange, heiße Bäder enthält. Ich habe nur zwei Wochen zwischen jetzt und der nächsten Tour. Ich will sie in vollen Zügen ausnutzen!"

„Ja! Das ist die Lacey Lee, die ich kenne und liebe." Tessa klatschte in die Hände, dann zog sie ihr Tablet heraus.

Während sie nach Retreat Möglichkeiten suchte, hob ich den Stapel Boulevardzeitschriften auf. Das Leuchten des

Tabletbildschirms ließ die Schlagzeilen reißerisch und zu lächerlich, um noch Worte dafür zu finden, erscheinen.

La-Chris war ein absurder Name für ein Paar. Chr-acey war sogar noch schlimmer, aber immerhin hatten sie das Gefühl richtig erwischt. Crazy – verrückt – war genau das richtige Wort für das Ganze. Für die Fake-Beziehung, die ich mit einem Typen führte, den ich kaum kannte.

Eine Schlagzeile brachte mich zum Lachen. Tessa blickte auf. Ich schwenkte die Zeitschrift vor ihr hin und her. „Rock4Ever? Was ist das, eine Zeitmaschine zurück zu den Neunzigern?"

Tessa bekam keine Möglichkeit, zu antworten. Das Auto wurde vor meinem Haus langsamer, das wie an Weihnachten erleuchtet war. Trucks und Autos parkten gleichermaßen in der Einfahrt und auf dem Rasen.

„Heilige Scheiße." Tessa beugte sich über mich, um aus dem Fenster zu schauen. Ihre Augen traten hervor. „Ist das ein Tourbus?"

„Was ist da los?"

Tessa und ich sahen uns an. Zur gleichen Zeit stöhnten wir beide: „Chris."

Niemand sonst würde die Frechheit besitzen, mein Millionen Dollar Haus in einen verdammten Partypalast zu verwandeln. Besonders, weil bekannt war, dass ich außer Landes war. Oder gewesen war.

Musik drang so laut aus jedem Fenster, dass ich sie im Inneren des Autos hören konnte. Ich beobachtete erschrocken, wie drei Frauen, die ich nicht kannte, splitterfasernackt aus der Eingangstür stolzierten, Weingläser tragend und einen Joint zwischen sich hin und her reichend.

Tessa gab ein empörtes Geräusch von sich. „Ich kann das nicht glauben. Bleib hier. Ich werde dieses Chaos beseitigen und Chris loswerden."

Ich griff zuerst nach der Tür und hielt sie zurück. „Nein,

das tust du nicht. Du gehst nach Hause. Ich werde mich selbst darum kümmern."

Ich mochte zwar keine Kontrolle darüber haben, wie die Medien mein sogenanntes Liebesleben porträtierten, aber ich konnte auf jeden Fall einer Person die Wahrheit erzählen. Wenn Chris dachte, er hätte das Recht auf irgendetwas, für das ich mir den Arsch aufgerissen hatte, um es zu verdienen, dann lag er absolut falsch. Dies war keine Beziehung, dies war ein egoistisches Arschloch, das meinen Namen benutzte.

Die Tür des Autos aufreißend, schnappte ich mir mein Handgepäck und marschierte genau durch die Gruppe betrunkener Groupies. Meine Eingangstür stand weit offen. Das wäre perfekt für meinen dramatischen Auftritt gewesen, bis auf eine Sache.

Chris war nicht da, um ihn zu sehen.

Die Leute, die hier waren, waren entweder zu besoffen, um mich zu bemerken, oder es war ihnen schlichtweg egal, dass sie dabei erwischt worden waren, wie sie mein Haus demolierten. Sie wussten wahrscheinlich nicht einmal, in wessen Haus sie sich aufhielten. Und warum sollte es sie interessieren? Chris Leute kamen alle aus der Rockszene, Musiker und Groupies. Eine Wahnsinnsfete war für sie die Norm, sogar mitten am Tag – welche Zeit auch immer gerade war. Mein Haus war wahrscheinlich das dritte Haus oder Hotel, das sie in dieser Woche demoliert hatten.

Mein Kopf pochte von der voll aufgedrehten Musik und den schrecklichen Lichtstrahlern, die jemand installiert hatte. Ich wanderte von Zimmer zu Zimmer. Das Haus war für LA Standards nicht groß, aber es hatte Fenster vom Boden bis zur Decke mit einer unglaublichen Aussicht. Als ich Chris nicht im Erdgeschoss fand, begab ich mich in den ersten Stock, wobei ich die leeren Bierdosen und achtlos verteilten Höschen umging.

Ich machte mir nicht einmal die Mühe, die Gästezimmer zu überprüfen. Wenn Chris die Frechheit besaß, in mein Haus einzudringen, würde er sich nicht wie ein Gast benehmen. Der Spur ausgezogener Klamotten und Schuhe folgend, lief ich durch meine offene Schlafzimmertür geradewegs auf einen Anblick zu, der mich mit achtzehn schockiert hätte.

Irgendeine Blondine, die ich nicht kannte, stand auf allen Vieren auf meinem Bett, während Chris von hinten in sie eindrang. Bis zu diesem Moment war ich in einer Art Benommenheit durch das Haus gelaufen, während meine Augen wegen der Lichtershow und dem verrückten Feiern durchgedreht waren. Jetzt verschwand die Benommenheit und eine scharfe Klarheit durchdrang mich.

Ich wollte das nicht. Ich wollte überhaupt nichts davon. Nicht das schicke Haus, das ich gekauft hatte, weil es das war, was LA Stars taten. Nicht die Fans des berühmten Rocker Freundes, die das Bild vervollständigten. Nicht die Drogen, die Partys und das endlose Reisen.

Ich wollte überhaupt nichts davon. Ich war damit fertig. F.E.R.T.I.G.

Ich ließ meine Tasche neben der Tür zurück, lief zum Bett, um mich direkt vor Chris und sein Groupie zu stellen, während das Geräusch seiner Hüften, die gegen einen perfekten, runden Hintern klatschten, den Raum füllte.

Chris zeigte nicht eine Unze Scham, als er mich entdeckte. Tatsächlich war das Gegenteil der Fall. Er packte die Hüften seines Sex-Spielzeugs und zog ihren Hintern obszön an seine Leiste. Wenn er schon erwischt wurde, wollte er nicht, dass sein Schwanz dabei frei baumelte. Nein, er wollte ihn tief in einer Frau versenkt wissen.

Er grinste, schenkte mir dieses umwerfend schöne Lächeln, das die Kameras liebten. Zerzauste blonde Haare, kantiges Kiefer, perfekter Körper. Sogar sein Schwanz sah gut aus – wenn er nicht gerade irgendeine namenlose, gesichtslose Tussi füllte. Er widerte mich an. Nichts an ihm sprach mich an – sogar bevor ich hier stehen und ihn dabei beobachten musste, wie er jemand anderen fickte. Seine Persönlichkeit war narzisstisch. Er träumte oberflächlich. So war auch sein Verhalten. Nein, er war ein Arschloch und ich hatte keine Ahnung, warum ich den PR-Leuten erlaubt hatte, sich das Ganze auszudenken. Sie mussten begeistert gewesen sein, dass ich in Asien war. Denn mit dem Pazifik zwischen uns konnte ich nicht sehen, wie der wirkliche Chris war.

„Dieser Schwanz ist beschäftigt, Lace", sagte er, wobei seine Stimme tief und dennoch gefüllt mit spottendem Humor war. „Falls du bei dem Spaß mitmachen möchtest, wirst du meine befreundete Dame hier um ein wenig Zungenspiel bitten müssen."

„Deine befreundete Dame." Meine Augenbrauen konnten sich unmöglich noch höher heben. Sie war keine Dame und ich würde mein Haus darauf verwetten, dass er keine Ahnung hatte, wie der Name seiner Freundin war.

Ja. F.E.R.T.I.G.

„Weißt du was, was auch immer." Ich warf meine Hände in die Luft und ließ sie an meinen Seiten runterfallen. „Ich werde dich nicht bitten. Du und deine 'befreundete Dame' müssen aus meinem Bett verschwinden, bevor ich die Bullen rufe."

Mit einer Hand griff er um die Blondine und umfasste eine offensichtliche Fake-Brust. „Das würdest du nicht."

Ich verengte meine Augen zu Schlitzen. „Ja, das würde ich." Ich hatte nicht bemerkt, dass ich zitterte, bis ich mit dem Finger auf die Tür zeigte. „Raus hier. Alle beide."

Die Blondine warf ihr Haar zurück und mir einen bösen Blick zu. „Schlampe, hast du jemals davon gehört, zu warten, bis du an der Reihe bist?"

Ich hielt meine Hände hoch und trat einen Schritt zurück. Dann einen weiteren. „Ich werde das nicht tun." Und ich bezog mich nicht darauf, oral befriedigt zu werden.

Mich umdrehend, schnappte ich mir das Haustelefon vom Nachttisch.

„Verdammt nochmal, Lacey." Chris schob seine Partnerin weg und schaute sich im Zimmer um, mit seinem, von einem glänzenden Kondom bedeckten, Schwanz. Immerhin war er schlau genug zu verhüten. Ich war mir nicht sicher, ob ich wegen des Pornos vor mir würgen sollte oder ob ich beeindruckt sein sollte, dass er verhütete.

„Wenn du versuchst, deine Hose zu finden, sie liegt auf der Treppe." Ich deutete über meine Schulter. „Du kannst sie auf deinem Weg aus meinem Leben anziehen."

Seine Schultern spannten sich an, aber seine Erektion erschlaffte. Ich schaute weg. Ich musste das nicht sehen. „Was hast du gesagt?"

„Du hast mich gehört. Ich mache das nicht mehr. Ich will nicht mit dir in Verbindung gebracht werden, nicht einmal in den Boulevardzeitschriften. Wenn deine PR-Firma wissen möchte, was falsch gelaufen ist, kannst du das erklären."

Seine Lippen verzogen sich zu einem höhnischen Lächeln. „In Ordnung. Ich brauche dein hochnäsiges Schlampengesicht nicht, um dorthin zu gelangen, wo ich hinmöchte. Ich war nur wegen der Verbindungen an dir interessiert, um die Welt dazu zu bringen, auf meine Band zu schauen. Das habe ich jetzt und ich brauche dich nicht mehr. Es ist ja nicht so, als hättest du mich jemals rangelassen."

Gott sei Dank. Ich musste mich unbedingt einmal bei meinem ausgelasteten Terminplan bedanken, dass er mich von diesem Arsch ferngehalten hatte. Wir hatten zwar Dinge zusammen gemacht – Events, Abendessen, informelle Partys – aber nie allein und niemals nackt.

Er kletterte von meinem Bett, zog das benutzte Kondom aus und warf es in meinen Mülleimer. „Weißt du was, Lacey? Mach es, ruf die verdammten Bullen. Hol auch noch die Presse her. Lass uns diese Trennung offiziell machen."

Aus dem Augenwinkel sah ich eine Bewegung im Türrahmen. Ich drehte meinen Kopf nur, um zu entdecken, dass uns bereits jemand von der Party gefunden hatte. Der Typ trug ein T-Shirt der Bühnenmannschaft über seiner schmalen Brust und hatte ein Handy auf mich, Chris und die Blondine gerichtet, die, anstatt beschämt davon zu krabbeln, auf dem Teppichboden auf die Knie gefallen war und sich der Aufgabe gewidmet hatte, Chris schlaffen Penis wiederzubeleben.

„Steck das weg", knurrte ich.

„Verdammt nein. Lass es draußen. Lass uns das alles auf Video aufnehmen." Chris packte die Haare der Blondine und drückte sich so tief in ihren Mund, bis sie würgte.

Das Telefon nach unten knallend, wandte ich Chris und allem anderen meinen Rücken zu und hielt nur lang genug inne, um meine Handtasche aus meinem Handgepäck zu ziehen. Wenn sie einen Porno filmen wollten, dann sollten sie doch. Ich wollte nichts damit zu tun haben. Ich wollte nichts mit ihm zu tun haben. Ich brauchte die Polizei nicht. Chris und seine Party Leute würden irgendwann verschwinden. Die PR-Firma, die uns überhaupt erst zusammengebracht hatte, würde morgen an dem Haus und meinem öffentlichen Image Schadensbegrenzung betreiben.

Oder sie würden es nicht tun. Ich schob mich an dem Kerl im Türrahmen vorbei, der die Kamera auf die kleine Sexkapade in meinem Schlafzimmer gerichtet hielt. Dann lief ich die Treppen runter und aus der Eingangstür – die nach wie vor offenstand. Die frische Luft half nicht, dass ich mich besser fühlte. Als ich nach einem weiteren Auto rief, das mich abholen sollte, und mich auf dem Bordstein am Ende der Einfahrt zum Warten niederließ, realisierte ich, dass es mir egal war, ob jemand dieses Chaos beseitigte oder nicht.

Es war mir einfach egal. Dies war nicht mein Leben. Dies war nicht ich. Ich musste hier raus. Weg. Ich wusste nur nicht, wohin ich gehen sollte.

2

MICAH

„Bist du ein hübsches Mädchen. Na los, friss alles brav auf. Ich habe noch mehr, wo das herkam. Solange du dich benimmst, wirst du deinen Anteil bekommen."

Hinter mir erklang das Schlurfen eines Stiefels und dann ein amüsiertes Lachen. „Der musst du kein Honig ums Maul schmieren, Micah. Ich habe das einfachste Mädel für dich ausgesucht."

„Genau das ist der Grund, warum wir immer noch Single sind, Colt. Ich habe noch nie eine Dame getroffen, die nicht wenigstens ein wenig Verführung gebraucht hätte. Diese Stute ist da keine Ausnahme, nicht wahr, Mädchen?"

Das Pferd verdrehte seine großen, braunen Augen und warf den Kopf zurück, als ob es mir sagen wollte, dass ich mich verziehen sollte, so dass es den Apfel in Ruhe genießen konnte. Nachdem ich der anderen Stute die gleiche Behandlung angedeihen hatte lassen, überließ ich die Pferde sich selbst, die am Rand der Koppel geräuschvoll kauten, und lief zu Colt

Benson, der gerade die Ausrüstung herbeitrug, die ich für mein Reittier und die Stuten, die meine Kunden reiten würden, benötigte.

Die September Sonne war noch immer warm und ich hielt inne, um die Ärmel meines langärmligen Hemdes hochzurollen.

„Unsere Verführungsstrategie ist völlig in Ordnung. Es ist unser Urteilsvermögen das beschissen ist." Colt warf mir eine Satteltasche zu.

Ich konnte seine Einschätzung nicht abstreiten, da sie wahr war. Unser – ja, unser, denn wir waren Bridgewater Männer und wir waren auf die Bridgewater Weise großgezogen worden – romantisches Urteilsvermögen hatte keine gute Erfolgsgeschichte.

Mein Handy vibrierte in meiner hinteren Hosentasche. Ich zog es lange genug heraus, um die Nachricht zu überfliegen und anschließend zu löschen.

„Sie schickt dir immer noch SMS?"

Ich warf einen Blick zu Colt, bevor ich mein Handy wegsteckte und meine Packliste schnappte. „Sie hat nie aufgehört. Das nächste Mal, wenn wir mit einer Frau ausgehen, verwenden wir ein Wegwerfhandy, bis wir sicher sind, dass sie nicht völlig verrückt ist."

Einen Monat zuvor waren wir bereit gewesen, uns mit einer Frau, die wir in einer Bar der Nachbarsstadt kennen gelernt hatten, zu treffen. Sie war hübsch, lustig, sexuell abenteuerlustig und kein bisschen abgeneigt, als Colt und ich ihr erklärten, dass wir zwei nur im Doppelpack kamen. Sie war damit mehr als einverstanden gewesen, zumindest für die Nacht, und uns war es ebenso ergangen. Das war, bis wir auf dem Parkplatz ihrem Ehemann mit einer Tube Gleitgel, einer Box extra kleiner Kondome und einer Webcam begegneten. Das hat dafür gesorgt, dass unsere Penisse seitdem in unseren Hosen blieben.

Ich war nicht die Art Mann, der jede Nacht der Woche eine

warme Frau in seinem Bett brauchte, aber ich war auch nicht der Typ, der längere Pyjama-Partys mit seiner Hand feierte.

Ich bereute die Durststrecke nicht oder war verärgert darüber. Sie hatte mir geholfen, einen klaren Kopf zu bekommen und wirklich einzugrenzen, was ich mir für mein Leben wünschte. Ein Nebeneffekt all dieser Einsicht und Abstinenz war jedoch, dass ich mir jetzt deutlich das Leben, das ich wollte, vorstellen konnte und die Art Frau, mit der ich meine Tage und Nächte verbringen wollte. Nicht nur eine Frau, sondern eine Ehefrau. Eine Frau, die für immer ihr Leben mit unserem teilen würde. Meinem und Colts. Um eine Familie zu gründen.

Diese Art der Klarheit hatte eine Dringlichkeit herbeigeführt, die zuvor nicht existiert hatte. Da ich jetzt wusste, was ich wollte, wollte ich es sofort. Ich wollte eine willige Frau, eine, die nur ihren Finger krümmen würde und wir würden uns begeistert für sie nackt ausziehen und sie hart ficken. Sie würde es wild und schmutzig mit ihren Ehemännern wollen. Warum? Weil die richtige Frau für uns es grob mochte, sie mochte es spielerisch und vor allem die ganze Zeit.

Ich richtete meine Hose neu, da mein Penis, allein bei dem Gedanken an die richtige Frau für uns und was wir mit ihr tun würden, hart wurde.

Colt rieb sich mit der Hand über seinen Nacken. Wahrscheinlich dachte er darüber nach, wie wir der schlimmen Situation entkommen könnten. „Es ist wirklich gut, dass es dort, wo du hingehst, keinen Handyempfang gibt."

Zwei Tage ohne SMS von einer verrückten Frau, die hoffte, dass Colt und ich sie fickten, während ihr Mann uns beobachtete – und es filmte. Das war eine gute Sache. Der Preis? Mit einem frischverheirateten Ehepaar ins Hinterland reiten. „Hoffentlich wird es nicht wie das eine Mal sein, bei dem ich zuhören musste, wie das Paar es wie die Karnickel trieb. Ich schwöre, sie mussten direkt hinter dem ersten großen

Felsen, den sie fanden, loslegen." Ich verzog das Gesicht bei
der unangenehmen Erinnerung. „Nicht meine Vorstellung
einer guten Zeit."

Ich wollte dieses Level der Begierde nach meiner
Partnerin selbst erleben, das mich dazu treiben würde, sie
über die nächstbeste flache – oder größtenteils flache –
Oberfläche, die ich finden könnte, gebeugt zu nehmen. Ich
wollte Leidenschaft und Hingabe. Ich wollte eine willige,
weiche Frau unter mir haben. Zur Hölle, auf mir würde
genauso funktionieren. Sogar über einem verdammten
Felsen. Sie würde meinen Schwanz reiten, während ihre
Brüste hüpften und Colt zur gleichen Zeit in ihren Hintern
eindrang.

„Ich werde die Pferde mit dir zu der Hütte führen, dann
werde ich einen ruhigen Abend genießen. Ich werde an dem
Rahmenwerk arbeiten. Ich würde es gerne vor dem Winter
fertigstellen. Dann werde ich es mir in meinem großen,
weichen Bett gemütlich machen." Er grinste und richtete
seinen Cowboy Hut. „Tja, es ist wirklich blöd, du zu sein."

Meinen Kopf schüttelnd, stopfte ich die restliche
Ausrüstung in die Satteltaschen, kreuzte es von der Liste und
zeigte mit dem Stift auf Colt. „Es ist wirklich blöd, uns zu sein",
konterte ich, wobei ich den Rest seiner Worte ignorierte. „Wir
werden kurz vor der Dunkelheit zurücksein, aber denk dran,
ich bin nicht der Einzige, der heute Nacht allein schlafen wird.
Du und ich sitzen im selben leeren Boot." Ich steckte meinen
Stift hinters Ohr und verengte meine Augen. „Außer du hast
die letzten Wochen damit zugebracht, zu einem anderen
Schluss zu kommen als ich."

Es war keine so weit hergeholte Möglichkeit. Während ich
mein Wildnis-Geschäft mit einer Menge Kunden besaß und
nichts als Wachstum in der Zukunft lag, war Colt noch nicht
dorthin gelangt, wo er gerne sein wollte.

Colt beendete das Sichern der Pferdesättel und warf mir
über den Rücken meines Pferdes einen Blick zu. „Was ich will,

hat sich nicht geändert, seit ich zehn Jahre alt war und wir unseren Pakt geschlossen haben."

Ich rieb mir übers Kinn. „Vielleicht nicht, aber die Dinge sind nicht in der richtigen Reihenfolge passiert."

Wir sollten beide erfolgreiche Geschäftsbesitzer sein: Ich mit meinem Wildnis-Retreat, Colt mit seiner eigenen Ranch. Nicht, dass mir die Reihenfolge der Dinge wichtig wäre. Ich glaubte daran, dass sich Dinge genau dann ereigneten und ergaben, wann sie es tun sollten. Colt andererseits gefielen die Dinge so. Vor fünf Jahren hatte er hundert Morgen Land in einem wunderschönen Tal südlich von Bridgewater gekauft. Das Land wartete darauf, dass er – dass wir und eine Braut – uns dort niederließen, aber dafür benötigte er mehr Geld. Und eine Frau. Wir brauchten ein Haus, einen Stall, Pferde und mehr. Und eine Frau.

In der Zwischenzeit arbeitete er immer noch als Vorarbeiter für Hawk's Landing, einer Gästeranch, die unseren Freunden, Ethan und Matt, gehörte. Er war unentbehrlich für den Laden, da er nicht nur das Kommando über die riesigen Ställe innehatte, sondern sich auch um die Instandhaltung des Grundstücks und der Gebäude sowie die Tiere kümmerte. Außerdem beaufsichtigte er noch die fünfzig oder so Angestellten, die nicht zum Gästebereich gehörten. Er konnte damit umgehen als der Mr. Kleinkariert, der er war. Mir hingegen gefielen die weiten, offenen Flächen besser. Mir grauste es vor dem Papierkram und ich genoss es genauso sehr unter dem Sternenhimmel zu schlafen wie in meinem eigenen Bett.

„Die Dinge passieren genau in der Reihenfolge, in der sie es sollten", entgegnete er. „Wenn es für mich bestimmt gewesen wäre, jetzt meine eigene Ranch zu besitzen und zu leiten, dann würde ich mich nun um meine eigenen Pferde kümmern und wir würden nicht dieses Gespräch führen. Wenn unsere Frau bereits dort draußen wäre, glaubst du nicht, dass wir mittlerweile diesen Blitzmoment erlebt hätten?"

Ich verstaute das letzte Päckchen hinter dem Sattel. Es war immer gesagt worden von meinen Eltern, genauso wie von Colts – zur Hölle, von fast jedem verheirateten Mann in Bridgewater – dass sie ihre Braut in dem Moment erkannt hatten, in dem sie sie erblickten. Wie ein Blitzschlag. Ich bin während meines Berufes bereits zweimal fast von einem Blitz getroffen worden – was nicht wirklich eine Überraschung war, wenn man bedachte, was ich tat – aber nie mit der Art Blitz, der „Liebe" signalisierte.

Colt schaute mit einem schelmischen Grinsen über seine Schulter zu mir. „Außerdem, ich weiß nicht, wie es dir geht, aber ich würde es hassen, mein ganzes Leben in dem Wissen zu verbringen, dass ich die Gelegenheit verpasst habe, dich auszulachen, während du davonreitest, um eine Nacht auf hartem Boden zu schlafen und anderen Leuten beim Ficken zuzuhören."

Er führte zwei Pferde an ihren Zügeln zu der Hütte der Frischvermählten. Er würde zwar nicht mit uns gehen, aber er stellte die Tiere aus den Ställen zur Verfügung und musste sich vergewissern, dass die Gäste glücklich waren, bevor wir ihn für unsere Zeit im Hinterland zurückließen.

Über die Erinnerung grummelnd, ergriff ich den Zügel des Packpferdes und trottete hinter ihm her. „Du hast gut reden Colt, aber ich meine es ernst. Dies ist unsere Gelegenheit, ein wenig Seelensuche zu betreiben. Ich bin in genauso großer Eile wie du, diesen Blitzschlag zu erleben, aber vielleicht sollten wir noch ein Jahr warten."

Er hörte auf zu laufen, so dass ich zu ihm aufschließen konnte. „Und was tun wir in diesem Jahr? Scheuklappen aufziehen, damit wir nicht von vollen Titten und verlockenden Ärschen von unseren Zielen abgelenkt werden? Und was machen wir, wenn diese Scheuklappen verhindern, dass wir sie nicht sehen, bis sie direkt vor unserer Nase ist? Es ist ja nicht so, dass sie wissen wird, dass sie nach zwei Märchenprinzen

Ausschau halten sollte. Zur Hölle." Er fuhr sich mit der Hand wieder über den Nacken, ein Zeichen, von dem ich wusste, dass es bedeutete, dass er frustriert war. „Ja, ich wollte, dass mein Land inzwischen autark ist, aber die Viehwirtschaft ist nun mal nicht irgendeine verdammte Karriereleiter. Es gibt keine Formel dafür, wie man sich alles erarbeiten kann. Du denkst, ich sei derjenige, der einen Plan hat, aber du bist es, der sich für uns beide darum Sorgen macht. Wie dem auch sei, man hört doch immer wieder über diese armen Bastarde, die es zur Spitze schaffen und sich dann umschauen, nur um festzustellen, dass sie ganz allein auf dem Berggipfel stehen. Sie waren so fokussiert auf ihre Ziele, dass ihr Leben einfach an ihnen vorbeigezogen ist."

„Ich stehe als Teil meines Jobs fast jeden Tag auf diesen verdammten Berggipfeln. Ich weiß besser als du, dass keine Frau neben mir steht, neben uns."

Er hob eine dunkle Braue. „Es war ein Vergleich, du Depp. Ich sage nur, dass ich genauso begierig wie du darauf bin, sie zu finden."

Ich seufzte und lief weiter in Richtung der Hütte am Bach. „Scheiße, es tut mir leid. Du hast recht. Ich hätte dich nicht in Frage stellen sollen. Ich weiß, wir haben beide die gleiche Meinung und Vorstellungen."

„Ist die gleiche Vorstellung, dass wir unsere hinreißende Frau nackt zwischen uns haben, während sie einen von unseren Schwänzen in ihren Mund und den anderen in ihre süße Muschi nimmt?", fragte er.

Dieses heiße Bild blitzte in meinem Kopf auf. „Ihre Brüste werden eine perfekte Handvoll sein und der Hintern wird üppig und voll sein, so dass man ihn gut packen kann."

„Und ihn versohlen kann, so dass er einen hübschen rosa Ton annimmt."

„Und ihn trainieren und ficken kann."

„Verdammt richtig." Colt grinste. „Das ist der Grund, warum unsere Frau – die Frau, die das alles, was wir gerade aufgezählt haben, genauso sehr will wie wir – denken wird, dass wir Götter im Schlafzimmer sind."

„Götter? Nee. Wir mögen sie vielleicht im Schlafzimmer dominieren, aber sie wird die ganze Macht haben. In der Minute, in der sie realisiert, dass wir ihr zu Füßen liegen, wird sie die Wahrheit wissen." Wir waren nur Männer, ein Paar Cowboys, die wussten, was sie wollten und die Entschlossenheit besaßen, dafür zu kämpfen.

3

ACEY

„Oh, das hier ist gut. Ähem. 'Lacey und Chris – Probleme im Paradies'. Aber der beste Teil sind die Grafiken. Sie haben dieses dämliche, stilisierte O verwendet und es aussehen lassen, als würde die Gitarre das O in die Hälfte teilen. Warte, ich schicke dir ein Bild davon."

Mein Handy dingte, als meine Schwester ihrem Versprechen nachkam. Ich aktivierte die Lautsprecherfunktion, so dass ich weiterhin mit ihr reden konnte, während ich das Foto der Zeitschriftenüberschrift anschaute und laut aufstöhnte. „Haben diese sogenannten Journalisten überhaupt kein Selbstwertgefühl? Das ist so schlecht."

„Es ist nicht einmal annähernd die Spitze des Eisbergs", fuhr sie fort und ich konnte durch das Telefon Papier rascheln hören. „Ich habe hier einen ganzen Stapel und jedes einzelne Magazin ist vollgestopft mit panischen Ausrufe- und Fragezeichen. Die Schrift ist riesig, als ob der Dritte Weltkrieg starten würde und nicht eine Schauspielerin Urlaub macht. Ich weiß nicht, wie lange du dich verstecken wirst können, bevor dich irgendein Reporter aufspürt."

Ich trete aus der offenen Hintertür der Hütte und auf die überdachte Veranda. Sie überblickte den gewundenen Bach, der zum Haupthaus führte. Alles war grün und saftig. Ruhig. Bis auf den Bach, dem ich die Nacht über gelauscht hatte – zumindest für die drei Minuten, in denen ich wach geblieben war, während ich in mein weiches Kingsize-Bett kletterte. Es war das beste Hintergrundgeräusch aller Zeiten. Die Luft war jetzt warm, aber die Nacht war kalt gewesen. Perfektes Wetter. Zum Teufel, perfektes alles. Niemand wusste, wo ich war, ich hatte keine Verpflichtungen, keine Kameras zeigten auf mich. Keine Fans schrien mich an. Ich hatte eine Hütte in Montana, die eigentlich für meine Schwester gewesen wäre.

„Glücklicherweise ist alles hier draußen auf deinen Namen gebucht worden. Vielen Dank nochmal für all das hier", erzähle ich Ann Marie. „Ich kann nicht glauben, dass du deine Flitterwochen für mich aufgegeben hast." Nachdem ich die SMS und diese schreckliche Überschrift gelöscht hatte, ging ich zurück nach drinnen und durchquerte die kleine Hütte, um aus dem Fenster zu schauen, das den Blick auf das Tal und die Hawk's Landing Gästeranch freigab.

„Oh, du musst mir nicht danken. Ich sollte mich bei dir bedanken. Mama ist durchgedreht, weil ich durchgebrannt bin anstatt diese große, schicke Hochzeit, die sie geplant hatte, durchzuziehen. Aber sie wird sich gerade noch davon abhalten, mich tatsächlich umzubringen, wenn ich von Hawaii zurückkehre und sie erfährt, dass ich das alles für dich getan habe."

Ich schüttelte meinen Kopf und lachte zum ersten Mal seit Tagen. Unsere Mutter war nicht die verrückte Frau, als die Ann Marie sie darstellte. Sie wollte, dass ihr erstes Kind die perfekte Hochzeit hatte und hatte vielleicht ein wenig übertrieben, aber für mich war nichts davon so verrückt gewesen, wie ein paar der Dinge, mit denen ich mich rumschlagen musste. Ein paar zusätzliche Gäste – und eine Hochzeitstorte in der Form eines Gürteltiers – stellten doch kein Desaster dar. Nein, ein Desaster war ein Zeitschriftenregal im Supermarkt voller Lügen über dich. Ich holte tief Luft, stieß sie wieder aus. Ich war in Montana, wo mich niemand finden konnte. Es war viel zu hübsch hier, um irgendetwas anderes zu tun, als die Aussicht zu genießen. Ich würde den Shitstorm vergessen, der auf mich warten würde, wenn ich wieder zu der Realität zurückkehrte und ich hoffte, dass die dunkle Haartönung dafür sorgte, dass ich ein wenig inkognito war.

„Also ist das die Geschichte, die du erzählen wirst?", fragte ich. „Du wusstest vor zwei Wochen, dass ich einen Nervenzusammenbruch haben und für eine Woche einen Ort zum Verstecken benötigen würde? Und deswegen beschlossen du und Gabe in ein Flugzeug nach Hawaii zu springen und dort zu heiraten, um auf diese Weise das rustikale Retreat für mich freizugeben? Du weißt, wenn du versuchst, diese Geschichte Mama zu erzählen, wird sie verlangen, zu wissen, wann dein Entbindungstermin ist."

Ich beugte mich nach unten, um an der Fuchsie und den weißen Blumen in einem Glas zu schnuppern. Wicken, dachte ich.

„Och Mist, du hast recht", antwortete Ann Marie. „Ich hatte nicht einmal an ihren Enkel-Wahn gedacht. Warte eine Sekunde." Die Stimme meiner Schwester entfernte sich. „Hey, Schatz, wir müssen noch ein paar weitere Stunden Baby-Machen-Zeit einplanen, um meine Mutter glücklich zu machen."

Gabe grummelte irgendetwas im Hintergrund, was kurz darauf von dem atemlosen Kreischen meiner Schwester und einem Knall gefolgt wurde, der klang, als sei das Telefon zu Boden gefallen.

Okay, das konnte nicht eindeutiger sein. Sie mochten zwar ihre Flitterwochen von dieser idyllischen Hütte nach Hawaii verlegt haben, aber sie benahmen sich dennoch wie

Frischverheiratete. Glücklicherweise hatte meine Schwester für mich den perfekten Ort zum Verstecken gehabt, als ich sie angerufen hatte, nachdem ich vor meinem Haus – dem sex-gefüllten Party Haus – abgeholt worden war. Eine Woche zuvor waren sie und Gabe nach Hawaii durchgebrannt, wo sie immer noch ihre verlängerten Flitterwochen genossen. Ihre ursprüngliche Reise wäre zur Hawk's Landing Gästeranch gegangen – die Wahl meiner Mutter, nicht meiner Schwester. Da sie beschlossen hatten, so kurz vor dem Hochzeitstermin durchzubrennen, konnten sie die Buchung nicht mehr stornieren und eine Zurückzahlung veranlassen. Nicht, dass es meinen Schwager interessieren würde, dessen Anzahl an Nullen meine eigenen in den Schatten stellte. Er wollte nur, dass meine Schwester glücklich war und wenn es sie glücklich machte, eine bereits bezahlte Hochzeit und Flitterwochen abzusagen, um stattdessen zu einem tropischen Ort zu fliehen, dann war kein Preis zu hoch.

Gabes nachsichtige Haltung gegenüber meiner Schwester war mir zu Gunsten gekommen. Sie hatte darauf bestanden, dass ich ihre Flitterwochenhütte übernehmen sollte. Es war perfekt. Ein ruhiger Ort, gebucht auf den Namen einer anderen Person und nicht einmal meine Assistentin wusste irgendetwas davon. Nachdem meine Schwester gehört hatte, was passiert war und dass er ein blondes Groupie in meinem Bett gefickt hatte, hatte sie die Situation in ihre Hand genommen. Währenddessen versuchte ich, mich von dem Zusammenbruch meines Lebens zu erholen. Sie buchte ein Mietauto, ebenfalls in ihrem Namen, und kurz nachdem unser Gespräch geendet hatte, war ich auf meinem Weg nach Montana gewesen.

Es waren weniger als vierundzwanzig Stunden vergangen, seit ich ohne ein Wort zu irgendjemandem aus meinem Haus in LA gelaufen war. In dieser Zeit hatte mir Tessa fast zweihundert Nachrichten per SMS, E-Mail und Sprachnachrichten geschickt. Ein Teil von mir fühlte sich schlecht, dass ich sie so hängen ließ. Ein anderer, größerer Teil – angestachelt und ermöglicht durch meine Schwester – erinnerte sich an die Tatsache, dass Tessa, so nett sie auch war, meine Angestellte war und es sich nicht anders herum verhielt. Ich war weder ihr noch sonst jemandem verpflichtet, die Details über meinen Aufenthaltsort zu verraten. Bis zur nächsten beruflichen Anstellung, die noch zwei Wochen entfernt war, war meine Zeit genau das. Meine. Und ich würde sie nicht mit irgendjemandem teilen.

Auch wenn das bedeutete, dass Ann Marie mich gleich am Morgen anrief, verblüfft über die neuesten Fake-Neuigkeiten und Behauptungen, dass Chris mit mir Schluss gemacht hätte, anstatt anders herum.

„Scheiße, tut mir leid!", erklang die atemlose Stimme meiner Schwester wieder in der Leitung. „Man sollte denken, mein Mann würde ein wenig Selbstkontrolle lernen."

„Oder dass du die Grenzen seiner Kontrolle kennen würdest", stichelte ich lachend. Ja, ich war absolut neidisch auf Ann Marie. Nicht wegen Gabe. Er war toll und alles, aber er war perfekt für sie. Nicht für mich. Nein, ich wollte meinen eigenen Gabe, einen Mann, der mein bester Freund und gleichzeitig Liebhaber war. Einen Mann, der mich wollte – nein, mich brauchte – mit einer Verzweiflung und einem Sehnen, das nur von Liebe kommt. Ich wollte, dass mich ein Mann packte, während ich am Telefon war, weil er sich nicht mehr zurückhalten konnte. „Ich wollte gerade auflegen und euch zwei euch selbst überlassen."

„Nein, nein. Ich bin mit dir noch nicht fertig", fuhr sie fort. „Aber ich muss es kurz machen. Der Zimmerservice ist gerade hier, aber sobald sie weg sind, muss ich eine weitere Runde mit dem gigantischen Monsterschwanz drehen."

„Dem gigantischen...okay, ich werde darauf gar nicht erst eingehen." Ich hielt meine Hand hoch, als ob sie sehen könnte, dass ich sie mit dieser Geste aufhalten wollte.

Meine Schwester lachte wieder. „Tut mir leid, ich hatte ein

paar zu viele Sekt-Orange zum Frühstück. Okay, also hör zu. Keine Boulevardzeitschriften mehr. Entspann dich. Hab Spaß. Ich habe dir eine Kopie des Zeitplans geschickt, den wir geplant hatten, aber es sollte auch irgendwo in der Hütte eine Papierkopie rumliegen. Da wir nicht abgesagt haben, ist immer noch alles gebucht. Massagen, Ausritte, das ganze Programm."

„Ja." Ich drehte mich auf meinen nackten Füßen, ging zu dem kleinen Esszimmertisch und hob das Papier mit dem Zeitplan auf, auf dem im oberen Teil das Logo von Hawk's Landing prangte. „Ich habe es gefunden, als ich hier ankam. Während du die fabelhaften Laken des hawaiianischen Resorts und den gigantischen Monsterschwanz deines Mannes genießt, werde ich auf einem Pferd ins Hinterland von Montana reiten. Kein Wunder, dass du durchgebrannt bist."

Warum Ann Marie in ihren Flitterwochen irgendetwas anderes als Gabe reiten wollte, war mir schleierhaft. Ich lief zurück zum Fenster und beobachtete, wie ein Falke über den blauen Himmel segelte.

„Mama dachte es würde romantisch sein...oder so." Sie sprach in einem Tonfall, der mich denken ließ, dass sie die Augen verdrehte. „Ich weiß es nicht. Sie hat auch vorgeschlagen, dass wir Campen gehen, aber dagegen habe ich Einspruch erhoben. Vielleicht dachte sie, wenn sie uns auf Flitterwochen in einem kleinen Zelt schickt, bekommt sie ihr Enkelkind noch schneller. Mit dem Monsterschwanz und allem."

„Okay, du musst aufhören, diese zwei Worte zusammen zu verwenden. Mama und Monsterschwanz? Wie soll ich denn in der Lage sein, ihr oder Gabe an Weihnachten in die Augen zu schauen? Ach, da wir gerade davon sprechen, ruf sie bitte für mich an und erzähl ihr, dass ich lebe und dass nichts von dem, was in den Zeitschriften steht, stimmt."

„Klar."

Eine Bewegung in der Ferne erregte meine Aufmerksamkeit und ich vergaß den Penis meines Schwagers, als ein großer, stolzer Cowboy in mein Sichtfeld kam, der zwei Pferde führte.

Meine Schwester plapperte munter weiter, aber ich hörte ihr nicht mehr zu. Je näher der Cowboy kam, desto mehr konnte ich von seiner Erscheinung erkennen. Er war groß und hochgewachsen, hatte breite Schultern und schmale Hüften. Er trug ein Hemd im Westernstil mit Druckknöpfen, die in der Nachmittagssonne glänzten. Und einen Cowboy Hut. Heilige Scheiße. Er war ein absolut hinreißender Cowboy. Hawk's Landing war fantastisch, denn dort liefen gutaussehende Cowboys umher. Sie könnten eines Tages Statisten für einen Film sein.

Er war das komplette Gegenteil von Chris. Nicht, dass ich jemals auf ihn gestanden hätte – Tessa hatte mehr für ihn geschwärmt, als ich es jemals getan hatte – aber Chris war bleich und obwohl ich vorher gedacht hatte, dass er muskulös wäre, stellte ihn dieser Cowboy in den Schatten. Dies waren keine Fitnessstudio-Muskeln. Der Cowboy hatte seine Statur mit harter Arbeit verdient, wahrscheinlich draußen, wenn seine gebräunte Haut irgendein Hinweis war. Er strahlte... Männlichkeit aus und meine Eierstöcke wachten sofort auf.

Mein Mund wurde trocken und mein Slip feucht, nur weil ich ihn anglotzte. Wie aus dem Nichts entstand ein Bild in meinem Kopf, wie meine Finger über und entlang dieser Knöpfe tanzten und das Hemd aufrissen, um die sexy Cowboybrust freizulegen. Zur Hölle, ja. Wenn dies ein Urlaub war, dann konnte auch mein Geist einen Urlaub von der Realität machen.

Es war eine Fantasie, in der ich noch nie zuvor geschwelgt hatte, aber mir gefiel der Reiz des Neuen. Er gefiel mir sogar sehr.

„Lacey? Bist du noch dran?", drang Ann Maries laute Stimme durch den Lautsprecher. Ich konnte mich nicht erinnern, dass ich meine Hand zur Seite hatte fallen lassen, aber ich hob das Telefon wieder hoch.

Anscheinend sorgten heiße Männer dafür, dass meine Gehirnzellen verschwanden, denn ich hatte den Gesprächsfaden mit meiner Schwester völlig verloren. Meinen Kopf schüttelnd trat ich vom Fenster zurück und tätschelte meine heiße Wange. Ich schaute nach unten. Jep, meine Nippel waren unter meinem T-Shirt hart. „Du wirst das nicht glauben."

„Was?"

Ich schluckte.

„Was?", schrie sie.

„Der heißeste Cowboy, der jemals auf dieser Erde gewandelt ist", flüsterte ich, obwohl null Chancen bestanden, dass er hören könnte, wie ich über ihn redete. Er war zu weit weg. „Ich kann ihn von meinem Fenster aus sehen."

„Oh mein Gott!"

Ich ging zum Spiegel neben der offenen Tür – das Wetter war zu schön, um sich einzuschließen – und warf einen Blick auf mich. Ich erschrak eine Sekunde wegen meinem dunklen Haar. Es war meine natürliche Haarfarbe, aber für meine Rolle in der Vampirserie war es blond gefärbt worden. Ich hatte angenommen, dass es für eine Staffel wäre, aber die Serie war ein Hit geworden und seitdem hatte ich meine Haare hell lassen müssen.

Bis letzte Nacht. Bis ich den Fahrer dazu veranlasst hatte, vor einem Drogeriegeschäft anzuhalten, das die ganze Nacht geöffnet war, und mir die neue Haarfarbe zu kaufen, bevor er mich an der Gästeranch absetzte. Bis ich eine Stunde im Bad damit zugebracht hatte, es zu färben. Die Produzenten konnten mir für die Serie eine Perücke besorgen. Ich hatte die Nase voll von den ständigen Veränderungen.

Also ja, neue Haarfarbe, aber das Durcheinander war verknotet und in einen schlampigen Pferdeschwanz zurückgebunden. Keine Schminke. T-Shirt und Jeans. Oh ja, sie würden bestimmt einen Teil von diesem Chaos wollen.

„Was! Lacey, du versautes Mädel. Leg das Telefon weg und

geh zu ihm. Nimm Kondome mit! Du bist in einer Flitterwochenhütte. Da muss ein ganzer Vorrat irgendwo neben dem Bett sein. Und bitte ihn, noch einen Freund zu finden. Es muss doch mehr als einen heißen Cowboy in Montana geben. Vielleicht sogar ein wenig Gleitgel, da du ja mit beiden ein heißes Liebenabenteuer haben willst."

„Ann Marie Leesworth", rügte ich sie, während meine Wangen heiß wurden bei dem, was sie vorschlug.

„Das heißt jetzt Mrs. Townsend", schimpfte sie sofort zurück. „Du bist eine erwachsene Frau, die nur Sex in den Boulevardzeitschriften hatte, seit wie vielen…Jahren? Wenn du dir zwei heiße Cowboys schnappen kannst, dann tu das. Und ich meine auch Hintereingang Action."

Ich wollte nicht darüber nachdenken, warum mich meine Schwester dazu antrieb Analsex zu haben. Es bestand keine Chance, dass dieser Kerl mit mir ‘Hintereingang Action' wollen würde, so wie ich aussah. Er war zu heiß, um keine Freundin zu haben. Oder Frau.

„Er ist wahrscheinlich verheiratet", entgegnete ich.

Es erklang ein Klopfen an der offenen Tür und ich wirbelte herum. Dort konnte ich die Silhouette eines Cowboys sehen. Es konnte nicht der Cowboy sein, den ich in der Ferne gesehen hatte. Nicht einmal ein olympischer Sprinter war so schnell. Nein, dies war ein anderer. Und ich wusste, dass er ein Cowboy war, weil sein Körper groß und breit war und mir der Umriss eines Cowboy Hutes nicht entgehen konnte.

Die Silhouette räusperte sich, trat einen Schritt auf die kleine Veranda, so dass ich ihn sehen konnte.

Heilige Scheiße.

„Ich bin nicht verheiratet", sagte er mit einer tiefen und sehr weichen Stimme.

„Oh mein Gott", murmelte ich.

Der Kerl, den ich durch mein Fenster beobachtet hatte, stolzierte immer noch auf mich zu, wenn ich meinen Kopf zur Seite neigte, so dass ich ihn sehen konnte. Ja, er stolzierte.

Er war dunkel, wohingegen der, der mich zu Tode erschreckt hatte, blond war. Der in der Ferne war gebaut wie ein Läufer, dieser Kerl war massiver. Und seine Unterarme? Heiliges Kanonenrohr, sie waren gebräunt und muskulös. Ich würde nicht auf seine Hände schauen und darüber nachdenken, was er mit ihnen tun könnte.

„Es tut mir leid, ich wollte dich nicht erschrecken."

Mich erschrecken? Zur Hölle, er hatte meine Eierstöcke nicht nur aufgeweckt, sondern auch dafür gesorgt, dass sie ein Ei ausstießen. Er war so männlich.

„Das ist schon okay." Was konnte ich auch sonst sagen? Ich konnte ihm nicht böse sein, da er ab jetzt in jeder einzelnen meiner Fantasien vorkommen würde. Ich trat mit ihm auf die Veranda.

„Ich bin Micah von den Bridgewater Adventures." Er nahm seinen Hut ab und streckte mir seine Hand entgegen. Oh ja, ich hatte definitiv einen Handfetisch. Sie war warm und seine Finger waren sanft, als er meine Handfläche ergriff. „Ich bin hier, um dich auf einen Ritt ins Hinterland mitzunehmen." Er ließ meine Hand los und drehte sich, um über die Schulter zu schauen. „Das ist Colt und er hat unsere Pferde."

„Was ist los?" Ich hatte meine Schwester am Telefon völlig vergessen, sogar dass ich ein Telefon in der Hand hielt. Nachdem ich es zurück an meinen Mund gehoben hatte, sagte ich: „Ich werde dich zurückrufen müssen."

„Oh nein. Ist es der heiße Cowboy?"

Ich hoffte, der Verandaboden würde einbrechen und es würde ein riesiges Loch darunter auf mich warten, das mich verschluckte. Meine Wangen erröteten und Micah grinste. Seine dunkle Augenbraue hob sich.

„Nö."

Micahs andere Augenbraue hob sich, offenkundig beleidigt, dass ich ihn nicht heiß genannt hatte.

„Ich meine, da sind ähm…zwei von ihnen."

Sein Grinsen wurde breiter, als ich mich korrigierte.

„Zwei von ihnen?"

„Ja und ich muss mit ihnen reden."

„Nein, ich muss mit ihnen reden", widersprach sie.

„Nein, musst du nicht."

„Lacey Leesworth", schimpfte sie.

Micah runzelte die Stirn und warf einen Blick auf die Hüttennummer neben der Tür. „Es tut mir leid, ich sollte die Townsends mitnehmen."

„Das bin ich!", sagte Ann Marie.

Der andere Cowboy, der, von dem Mica gesagt hatte, er würde Colt heißen – ein perfekter Cowboy Name – wickelte die Zügel der Pferde um die Verandabrüstung und stellte sich an den Fuß der Treppe. Er nahm seinen Hut ab und die Sonne glänzte auf seinen dunklen Locken.

„Das ist Colt Benson. Er ist der Vorarbeiter hier auf Hawk's Landing", stellte Micah ihn mir vor. „Er hat die Pferde für den Tagesausflug gebracht."

„Ma'am", begrüßte mich Colt und nickte mir leicht zu. Er musterte mich offen und ich fühlte, wie mein Herz einen Schlag aussetzte.

„Wer ist das?", fragte Ann Marie.

Ich verdrehte meine Augen. „Der andere Kerl, von dem ich dir erzählt habe", antwortete ich mit zusammengebissenen Zähnen.

„Der andere heiße Cowboy?"

Colt wirkte leicht überrascht, aber blieb stumm.

„Ich lege jetzt auf", sagte ich, während ich einen langsamen Tod starb.

„Ist das Mrs. Townsend am Telefon?", fragte Micah und deutete auf besagtes Telefon.

Ich nickte, legte eine Hand auf mein Gesicht und rieb meine Augen.

„Das stimmt", flötete Ann Marie durch den Lautsprecher. „Es hat eine kleine Änderung gegeben. Mein Ehemann und ich sind nach Hawaii durchgebrannt, so dass meine sehr verfügbare Single Schwester unsere Reise übernehmen kann."

Colt und Micah schauten beide auf das Telefon in meiner Hand.

Ich würde meine Schwester umbringen. „Ann Marie", stöhnte ich.

„Was? Du bist Single und sehr verfügbar. Und du hast selbst gesagt, dass sie sehr heiß sind."

Ich warf einen kurzen Blick auf das Duo, das jetzt breit grinste.

„Würdest du immer noch gerne auf einen Ausritt gehen?", wollte Micah wissen. „Du musst auch keine Kondome mitbringen." Mein Mund klappte auf, als er sich vorbeugte und flüsterte: „Ich habe immer welche dabei. Aber wenn du Interesse an der 'Hintereingang Action' hast, über die du geredet hast, dann nimm definitiv Gleitgel mit."

„Hat er gerade gesagt, dass er Kondome hat? Und was ist mit dem Gleitgel? Oh, den must du behalten. Mica, meine Schwester muss flachgelegt werden und du und dein Freund müssen ihr damit helfen."

Colt räusperte sich. „Ich werde euch begleiten, also kann das eingerichtet werden." Er zwinkerte, wodurch er seine Worte milderte.

Micah grinste bei dieser Aussage noch breiter und meine Augen weiteten sich bei der Vorstellung, irgendetwas mit den beiden zu tun.

Ich drückte das Telefon gegen meine Brust, um zu dämpfen, was auch immer Ann Marie sagen würde. „Würdet ihr zwei mich für eine Minute entschuldigen?"

Ich ließ ihnen keine Zeit zu antworten, aber mir entging nicht, wie sie stumm lachten, während ich mich schnell umdrehte.

Ich schloss die Tür hinter mir und lehnte mich dann dagegen. Seufzend, drückte ich auf den Lautsprecherknopf und hielt das Telefon an mein Ohr.

„Ann Marie. Ich werde dich umbringen", zischte ich mit leiser Stimme.

„Was? Es ist ja nicht so, als hättest du es ihnen selbst erzählt."

„Ihnen was erzählt?", konterte ich. „Sie gefragt, ob sie Single sind und ob sie es gerne billig und geschmacklos mögen und ob sie möglicherweise illegale Dinge mit mir tun würden?"

„Ja."

„Auf einem Pferderitt?" Daraufhin lachte ich, das Bild, naja... „Sie werden mich sofort erkennen. Sie werden einen Star ficken wollen, nicht mein wahres Ich."

„Sie haben dich nicht erkannt. Ich habe nicht das übliche Keuchen und Überraschung gehört."

Ich antwortete nicht, denn sie hatte recht. Keiner der Männer hatte mich mit dem kleinsten Anzeichen des Erkennens angeschaut. Kannten sie mich wirklich nicht oder waren sie so gute Schauspieler?

„Nicht alle Männer sind Arschlöcher, Schwesterherz. Außerdem, falls sie dich erkannten und einen Star ficken wollen, wie du gesagt hast, wirst du sie auch benutzen. Mach es. Ficke diese heißen Cowboys. Der eine klang mehr als bereit. Nimm diese großen Schwänze auf einen wilden Ritt. Benutzte sie die ganze Nacht lang."

„Es ist ein drei Stunden Ausflug", erwiderte ich.

„Ja und schau, was mit Gilligan und den anderen passierte."

Ich schloss meine Augen und lachte, obwohl ich eigentlich durch das Telefon greifen und sie erwürgen wollte. Ich konnte nicht anders, als mich an die Wiederholungen von 'Gilligans Insel', einer sechziger TV-Serie, die wir als Kinder zusammen angeschaut hatten, zu erinnern.

Ich betrachtete mich noch einmal kurz im Spiegel und stöhnte. „Das ist verrückt."

„Verrückt wäre es, diese Situation nicht auszunutzen. Wenn sie nette Männer sind und so heiß, wie du sagst, tu es. Du bist

eine erwachsene Frau. Kümmere dich um deine Orgasmen."
Sie lachte. „Oder lass sie sich darum kümmern."

Ich war mir nicht sicher, ob ich tun könnte, was sie
vorschlug. Ja, der berühmte Star tat alle möglichen wilden
Dinge, aber die echte Lacey war nicht sehr abenteuerlustig.
„Du meinst, was in Montana passiert, bleibt in Montana."

„Klar. Du verdienst es, ein wenig Spaß zu haben. Und eine
ganze Menge von Männer verursachten Orgasmen. Bespring
sie einfach während der Mittagspause." Ich hörte, wie Gabe
etwas im Hintergrund sagte. „Gabe sagt, treib es mit diesen
Cowboys. Okay, leg dieses Telefon weg und reiß dich
zusammen. Das nächste Mal, wenn ich mit dir spreche, will ich
Details hören. Jede Menge."

„Mit dir darüber zu reden, ist eine Sache. Ich kann nicht
einfach losziehen und ein Liebesabenteuer mit zwei heißen
Cowboys mitten im Nirgendwo haben. Außerdem ist das ihr
Job. Ich bin eine Kundin. Ich denke Gabe, hat dir den Verstand
rausgevögelt."

„Nein, noch hat er das nicht getan", entgegnete meine
Schwester verschmitzt. „Und diese zwei Cowboys sollten dir
den Verstand rausvögeln."

„Oh, guter Gott. Okay, ich lege jetzt auf und nicht, damit ich
mir Kondome und Gleitgel schnappen kann. Wenn ich so
etwas tun würde und die Presse würde Wind davon
bekommen, wäre das ein Desaster."

Sie seufzte. „Lacey, du bist mitten in Montana und läufst
nicht den Hollywood Boulevard entlang. Es sind Kondome.
Keine Drogen. Und Gleitgel? Zur Hölle, wenn sie so heiß sind,
wie du sagst, erwartet jede Frau in Amerika, dass du dich von
beiden bedienen lässt."

„Ann Marie!", schrie ich und biss mir dann auf die Lippe.
Von zwei Cowboys bedient werden? Meiner Pussy gefiel diese
Idee sehr gut. Nicht, dass ich jemals zuvor so etwas getan hätte,
aber ich wollte abenteuerlustig sein. Und diese zwei? Ich hegte

keinerlei Zweifel, dass sie Monsterschwänze unter diesen gutgetragenen, hautengen Jeans, die sie anhatten, verbargen.

„Es gibt dort keine Presse. Niemand versteckt sich hinter einem Baum. Das ist doch der ganze Sinn dieses Abenteuers. Niemand wird es wissen, falls du dich dazu entscheidest, etwas Wildes zu tun."

„Die Leute werden es herausfinden." Ich runzelte die Stirn. „Das tun sie immer."

„Ja und? Das ist mir egal und ehrlich gesagt, sollte es dir auch egal sein. Ich lege jetzt auf. Und du lass es krachen. Und verwende Kondome! Jede Menge."

4

OLT

HEILIGE SCHEIßE.

Als ich die Frau zum ersten Mal auf der Veranda sah, fragte ich mich, ob die Schönheit eine der Neuverheirateten war, die mit Micah gehen würden. Ich war überrascht, dass ihr Ehemann ihr erlaubte, sich so zu kleiden. Wenn sie meine Frau wäre, würde ich sie nie Kleidung tragen lassen. Zur Hölle, ich würde sie nie aus meinem Bett lassen.

Und auf einem Tagesausflug im Hinterland? Ja, ihr Mann verdiente sie nicht, wenn er sie nicht über einem Felsen vögelte. Ich bemitleidete meinen Freund. Es würde Folter sein, zu wissen, dass dieser wundervolle Körper gefickt wurde...von jemand anderem.

Während ich die Zügel an der Verandabrüstung festband, klebten meine Augen förmlich an ihr, erfassten jeden Zentimeter ihres Körpers. Von den dunklen Haaren, die in einem langen Pferdeschwanz zusammengebunden waren, der über ihre Schulter fiel, bis hin zu den heißen, pinken Nägeln ihrer nackten Zehen und jeder fantastische Zentimeter dazwischen.

Obwohl der Himmel babyblau und nicht eine einzige Wolke am Himmel war, wurde ich von diesem verdammten Blitz getroffen. Ich war mir ziemlich sicher, dass er auch Micah getroffen hatte. Ironisch, wir hatten gerade erst darüber geredet und dann...bumm.

Diese Frau, meine Güte. Meine verdammten Bridgewater Instinkte hatten sich endlich dazu entschlossen, sich zu melden und sie war verheiratet.

Sie war nicht so herausragend wie ein Supermodel, was für mich völlig in Ordnung war. Ich mochte keine Frau, die so groß wie eine Giraffe und lächerlich dünn war. Nein, diese Frau aß mehr als Salat, denn ihre Kurven, jede einzelne, war perfekt für meine Hände. Die Jeans, die sie trug, war sauber und schmiegte sich an ihre langen Beine, aber nicht zu eng. Ihr T-Shirt half jedoch nicht dabei, ihre harten Nippel zu verbergen. Ich biss auf meine Lippe, während ich auf diese aufrechten Spitzen starrte. Sie trug einen BH, aber ihre Nippel schienen einen eigenen Willen zu haben. Sie schien dies zu merken, denn sie verschränkte ihre Arme über ihrer perfekten Brust und nahm eine hübsche Pinkfärbung an.

Sofortige Anziehung. Zur Hölle, ich hatte zuvor hübsche Frauen gesehen, aber dies war...instinktiv. Da war definitiv Lust. Ich war nur froh, dass die Verandabrüstung ihr den Blick auf die Vorderseite meiner Hose blockierte.

Als ich anfing, dem Gespräch meine Aufmerksamkeit zu schenken, hörte ich Single und verfügbar. Anscheinend sollte die Frau am Telefon – nicht diejenige, die vor uns stand – mit Micah gehen, war aber stattdessen nach Hawaii durchgebrannt. Anstatt sich mit ihrem neuen Ehemann zu beschäftigen, verkuppelte sie ihre Schwester. Mit Micah und mir. Ich konnte Kuppeleien nicht ausstehen, aber da sie Die Eine war und Micah Kondome, dann Gleitgel erwähnt hatte, war ich absolut dafür. Es schien, dass es Micah genauso ging.

Ich hatte definitiv einen Teil der Konversation verpasst.

Ich hatte nicht vorgehabt, mehr zu tun, als die Pferde für den Ritt abzuliefern, aber ich würde auf keinen Fall an dem Rahmenwerk arbeiten, wenn sie in der Nähe war und Gleitgel erwähnt wurde. Und als ihre Schwester sagte, sie müsse flachgelegt werden, war ich damit einverstanden. Ein wenig spielerisches Geplänkel war ein einfacher Weg, um ihre Willigkeit einzuschätzen.

Ihre Verlegenheit konnte einem nicht entgehen und sie ging höflich zurück in die Hütte. Sie schloss die Tür, eindeutig um die andere Frau anzuschreien. Das bedeutete nicht, dass sie nicht zwei Cowboys in ihrem Urlaub vögeln wollte, aber es war offenkundig, dass es nicht etwas war, das sie jeden Tag tat. Nein, sie wirkte nicht wie eine, die ständig mit anderen Männern in die Kiste hüpfte.

Ich warf einen Blick zu Mica.

Er grinste einfach nur zurück.

Ich ging die Stufen hoch, so dass ich näher bei Micah stand. „Kondome?", fragte ich mit leiser Stimme.

Er grinste, als er sich von der geschlossenen Tür abwandte. „Du hast die Schwester gehört. Lacey muss gevögelt werden. Ist das der Grund, warum du dich entschlossen hast, mich zu begleiten?"

Lacey. Ich hatte nie ihren Namen gehört. Er war hübsch. Anders. Er passte zu ihr.

Ich griff nach unten, richtete meinen Schwanz. „Du kannst sie nicht ganz für dich alleine haben. Sie ist...unglaublich. Ich will sie vögeln, aber ich will mehr als das mit ihr."

„Verdammt richtig." Er neigte sein Kinn und rieb mit der Hand darüber, kratzte über seine Bartstoppeln. „Sie ist die Eine."

Ich stimmte damit überein und war froh, dass er genauso fühlte wie ich. „Warum zur Hölle spielt die Schwester Kupplerin? Lacey müssen die Männer doch zu Füßen liegen."

Wir taten es.

Die Tür öffnete sich und Lacey trat hinaus auf die Veranda. Die sanfte Brise wehte ihren Duft heran. Pfirsich? Ich unterdrückte ein Stöhnen, als ich mich fragte, ob alles an ihr so süß war.

„Ich...ähm, das mit meiner Schwester tut mir leid", sagte sie mit zaghafter Stimme. Ihre Wangen waren gerötet und ihre Augen blickten in unsere, dann weg. „Sie ist ein wenig dreist."

„Das ist in Ordnung", entgegnete Mica und legte eine Hand auf die Verandabrüstung.

„Mir ist das ein wenig peinlich", gab sie zu, wobei sie sich weigerte, einen von uns anzuschauen.

Ich trat näher und fuhr mit meinen Knöcheln über ihren Arm. „Hey, das muss es nicht. Es ist nichts falsch an einer Frau, die weiß, was sie will. Wenn es ich und Micah sind, beabsichtigen wir deinen Wunsch zu erfüllen."

Als sie endlich...endlich ihr Kinn hob, um mich anzuschauen, enthielten diese dunklen Augen eine Mischung aus Vorsicht und begierigem Übermut.

„Ihr...ihr wisst nicht, wer ich bin, oder?"

Ich runzelte die Stirn, aber Micah sprach: „Bis du deinen Namen genannt hast, dachte ich, du wärst Ann Marie Townsend."

„Sollten wir?", fragte ich. Sie war keine vergangene Freundin. Auch wenn ich mehr als ein paar gehabt hatte, war ich kein so großes Arschloch, dass ich mich nicht einmal daran erinnerte, wie sie aussahen.

Sie zuckte mit den Schultern. „Nö."

Mir entging nicht, wie sie sich direkt vor unseren Augen zu entspannen schien. Aus ihren Schultern wich jegliche Spannung und sie gab ein kleines Lachen von sich, was ihre Augen zum Funkeln brachte. Ja, zum Funkeln verdammt nochmal. Ich hatte das Wort 'Funkeln' noch nie in meinem Leben verwendet, um irgendetwas zu beschreiben. Bis jetzt.

„Ich denke, es gibt da etwas, das wir aus dem Weg räumen müssen."

Ihre zarte Augenbraue hob sich. „Oh?"

Ich nickte und trat sehr nah an sie heran. Instinktiv machte sie einen Schritt zurück. Ich trat wieder auf sie zu und bewegte sie auf diese Weise rückwärts, bis sie gegen die Holzbalken der Hütte stieß. „Oh", keuchte sie.

Ich legte eine Hand neben ihren Kopf, die andere strich ihr die Haare aus dem Gesicht. „Ich werde dich küssen."

Ich wollte sie vorwarnen, so dass sie nein sagen konnte, wenn sie wollte. Ich küsste keine – oder tat irgendetwas anderes mit einer – unwilligen Frau, aber ich wusste, sie wollte es. Ich sah es in ihren Augen, in der Art, wie ihre Wangen noch tiefer erröteten. Langsam senkte ich meinen Kopf und beobachtete, wie sich ihre Lippen überrascht teilten.

Sie war so weich, ihre Lippen so voll und nachgiebig. Ich glitt mit der Zunge über ihre Unterlippe, schmeckte sie. Als ihre Zunge nach vorne kam, um meiner zu begegnen, wimmerte sie. Ja, sie war so süß, wie ich es mir vorgestellt hatte. Ihre Augen waren verschleiert mit Verlangen, als ich meinen Kopf hob. Ich bewegte mich nicht, sondern wartete einfach nur, während sie sich sammelte.

„So. Keine Verlegenheit mehr. Dein Interesse wird erwidert."

„Hey, was ist mit mir?", hörte ich Micah hinter mir fragen.

Sie lächelte und ich stieß mich von der Wand ab, ließ Micah sie sehen, damit er auch an die Reihe kam.

Er krümmte seinen Finger und sie lief zu ihm. Ah, süß und begierig, zu gefallen. Mit einem Arm um ihre Taille geschlungen, hob Micah sie auf die Zehenspitzen für seinen eigenen Kuss. Als er endlich seinen Kopf hob, rieb er seine Nase ihr Kiefer entlang und senkte sie langsam wieder auf den Boden.

„Geh zum Haustelefon und storniere den Ritt", befahl Mica ihr, seine Stimme war eine Oktave tiefer als zuvor. Ja, es hatte ihn genauso erregt wie mich. Und das war nur ein verdammter Kuss gewesen.

Sie runzelte die Stirn, legte ihre Finger auf die Lippen.

„Mach dir keine Sorgen, Lacey, wir werden immer noch gehen. Ich küsse nicht meine Kunden – oder mache andere Dinge mit ihnen. Storniere und dann werden wir auf einen Ritt gehen."

Sie schaute zu mir. „Ich habe frei. Ich war auf dem Weg nach Hause, bis ich dich sah. Süße, reite mit uns aus und vielleicht, wenn du dann noch immer dazu neigst, kannst du auf unsere Schwänze klettern und später auf eine andere Art Ritt gehen."

Sie nickte einmal, bevor sie nach drinnen ging. Ich hörte sie mit der Rezeption sprechen, aber ich schaute zu Mica. Er verschob seinen Penis. „Verdammt, ja."

Ich antwortete nicht, da sie zurückkam.

„Alles klar. Ich werde mit euch gehen."

Micah grinste. Breit. „Hast du jemals zuvor ein Pferd geritten?"

„Hast du jemals zuvor einen Cowboy geritten?", fügte ich mit einem Zwinkern hinzu.

Sie biss sich auf die Lippe – die Lippe, von der ich wusste, dass sie weich und nachgiebig war – und schaute weg, dann wieder zu uns. Sie hob ihr Kinn und schenkte uns beiden ein freches Grinsen. „Ich bin eine ziemliche Großstädterin, aber es macht mir nichts aus, ein wenig schmutzig zu werden."

Heilige. Scheiße. Mein Schwanz ging mit diesem einen Satz direkt von halbsteif zu bereit zum Ficken. Micah räusperte sich. Ich hegte keinen Zweifel daran, dass er das Gleiche dachte wie ich. Ich schaute wieder zu ihr. Erfasste jeden Zentimeter von ihr, denn ich wollte, dass sie wirklich sehr, sehr schmutzig wurde und ich wusste, sie würde es mögen. Nein, sie würde es absolut lieben.

„Also gut", sagte Micah. „Wenn das neu für dich ist, mach dir keine Sorgen, du wirst in guten Händen sein." Er warf mir einen Blick zu und gab mir die perfekte Vorgabe.

„Das stimmt", fügte ich hinzu. Der Blitz hatte uns getroffen und sie war nicht verheiratet. Kein Ehemann, kein Freund. Sie war nicht erobert. Noch nicht. Und ich würde auf keinen Fall Micah allein mit ihr in den Wald gehen lassen. Das Rahmenwerk des Hauses konnte warten. Es war, als hätte das Schicksal eingegriffen und uns diese Möglichkeit gegeben, um Lacey zu der Einen zu machen. „Micah und ich werden sicherstellen, dass du ein Abenteuer hast, dass du nie vergessen wirst."

LACEY

WER AUCH IMMER HEMDEN MIT Druckknöpfen erfunden hat, war ein Genie, denn ich wollte die Vorderseite ihrer Hemden packen und sie aufreißen.

Knack.

Knack.

Knack.

Bis ihre festen und steinharten Bauchmuskeln freigelegt waren und ich mit meinen Händen über sie gleiten konnte.

Sie. Beide Männer.

Nachdem ich diesen Gedanken zur Seite geschoben hatte, tauchte ein anderer in meinem Kopf auf. Mit wie vielen Kondomen war diese Flitterwochenhütte ausgestattet? Und Gleitgel? Ja, ich sollte das vielleicht auch in meine Tasche werfen. Obwohl mir Ann Marie und ihre Kuppelei peinlich gewesen waren, so hatte sie doch recht. Die Küsse – von beiden! – besiegelten den Deal. Besiegelt mit einem Kuss! Ich musste bei diesem Gedanken ein Kichern unterdrücken.

Meine Nippel waren außer Kontrolle gewesen und ich musste meine Arme verschränken, um ihr schlechtes Benehmen zu verbergen, denn es waren nicht nur meine

Eierstöcke, die sich aufgerichtet und sie zur Kenntnis genommen hatten.

Mica war der Blonde und Colt war dunkel. Colts vierkantiges Kiefer war glattrasiert, seine Haare kurz und ordentlich geschnitten. Er war fast einen Fuß größer und breiter als ich. Auch wenn er nicht furchteinflößend war, so war er doch imposant, bis sein Kuss und die Sanftheit seiner Hände jegliche Sorgen beruhigt hatten. Seine bohrenden dunklen Augen glitten auf eine Weise über mich, die meine Haut erhitzte. Meine Lippen kribbelten. Er war zwar ein Angestellter von Hawk's Landing, aber er schaute mich an wie ein Mann. Ein Mann, der an einer Frau interessiert war. An allem, was er sah.

Micah schien ein bisschen gelassener zu sein und freigiebig mit diesem Rücksichtslos-Zu-Meinen-Höschen Lächeln. Obwohl er mich nicht so anschaute, als wäre ich eine Beute, so konnte mir dennoch nicht der glühende Schimmer in seinen Augen entgehen. Besonders nachdem ich ihm erzählt hatte, dass ich weder einen Ehemann noch einen Freund hatte.

Was mir jedoch am besten gefiel, war, dass sie keine Ahnung hatten, wer ich war. Kein Blitz des Erkennens, nur Verlangen. Kein Stottern oder überraschte Pausen. Nicht einmal ein „du siehst in Wirklichkeit schwerer aus", das ich von einigen männlichen Fans zu hören bekam. Sie wollten mich. Mein wahres Ich.

Nachdem Micah mir eine kurze Liste an Dingen ausgehändigt hatte, die ich mitbringen sollte, ging ich nach drinnen, um sie in eine kleine Tasche zu packen, die er mir zur Verfügung gestellt hatte und setzte mich auf den Bettrand. Sie wussten nicht, wer ich war.

Für sie war ich nur Lacey, die Schwester der Braut, die nicht aufgetaucht war. Nicht die Schauspielerin, die angeblich gerade von ihrem Rock Star Freund verlassen worden war.

Colt hatte gesagt, sie versprachen mir einen Ausflug, den ich nie vergessen würde. Auf Grundlage der Blicke, die sie mir zuwarfen, der Küsse und Ann Maries nicht zu subtilem Versuch, dafür zu sorgen, dass ich flachgelegt wurde, wusste ich, dass darin eine ganze Menge zweideutiger Bemerkungen – und Gleitgel – involviert waren. Ihnen konnten meine harten Nippel nicht entgangen sein. Ich stöhnte und blickte nach unten. Jetzt benahmen sie sich. Und sie wussten, dass ich auf ihre Küsse stand. Beide von ihnen. Oh Gott. Zwei Männer.

Ich schüttelte meinen Kopf, dann schaute ich auf die Liste. Sie warteten auf mich und die Pferde waren bereit, auf ein kleines Abenteuer zu gehen. Bis auf die Tatsache, dass ich mit zwei extrem heißen Männern gehen würde, hätte ich nicht besser von der Bildfläche verschwinden können. Keine Handys, keine Kameras. Nichts. Dies mochte vielleicht nicht das Retreat sein, dass Tessa vorgeschwebt war, aber zum Teufel, wenn Gott mir zwei heiße Cowboys gab, dann ging ich eben in Montana reiten.

Ich stand auf, schnappte meinen Pullover, Regenmantel, Sonnencreme und die anderen Dinge von Micahs Liste und machte mich an die Arbeit. Ich schaute zum Nachttisch, holte tief Luft, griff nach den Kondomen und ja, dem Gleitgel.

5

ACEY

IRGENDWIE HATTE ich es sechsundzwanzig Jahre lang geschafft, nicht auf ein Pferd zu steigen. Das war für mich in Ordnung gewesen, da ich nicht gedacht hatte, dass es auch nur im Entferntesten interessant sein könnte. Ich hatte so falsch gelegen. Es machte mir verdammt viel Spaß. Natürlich hatte ich mir auch nie vorgestellt, dass ich zwischen zwei Marlboro Männern – ohne die Zigaretten und mit zehnmal mehr Sexappeal – reiten würde. Das veränderte alles. Ich sabberte förmlich, weil ihre kräftigen Oberschenkelmuskeln unter ihren engen Jeans sichtbar waren. Ihre Hüften schaukelten mit der sanften Bewegung der Pferde und ließen mich wundern, was sie sonst noch mit ihnen tun konnten. Nicht mit den Pferden, ihren Hüften. Und ihre Hände, die die Zügel hielten? Ah.

Ich hatte bis jetzt keine Ahnung gehabt, dass ich einen Handfetisch hatte. Ich hatte definitiv das Fehlen von Eheringen bemerkt. Ich verbrachte die erste Stunde damit, sie stumm anzugaffen. Ich musste hoffen, dass sie dachten, ich würde nur die schöne Szenerie betrachten. Das tat ich, aber nicht die, an die sie dachten.

Ich fing an die Berge wirklich zu schätzen, das hellgrüne Tal mit den Flecken bunter Wildblumen. Die warme Sonne, die durch die schnell dahinziehenden Wolken schien, die frische Luft. Den Frieden.

„Woher kommst du Lacey?", fragte Micah, wodurch er mich aus meinen Gedanken riss. Sie waren still gewesen, seit wir die Ranch verlassen hatten, scheinbar zufrieden ohne irgendeine Art von Geplauder. Bis auf ein paar glühende Blicke und Colt, der mir mit ein bisschen mehr Aufmerksamkeit als nötig auf das Pferd half, wurden die Küsse nicht erwähnt und sie hatten auch nichts anderes Offenkundiges unternommen.

Ich drehte meinen Kopf. Micahs Cowboyhut saß tief auf seinem Kopf und blockte die Sonne ab, aber seine dunklen Augen lagen auf mir, wartend.

„LA."

„Bin nie dort gewesen", antwortete Micah. „Hab gehört der Verkehr ist schlimm."

Hier draußen mit den Wildblumen und der sanften Brise schien LA so weit weg zu sein. „Schlimmer Verkehr, nervige Leute. Einfach nur geschäftig. Aber das Wetter ist besser."

„Als dies?", fragte Colt zweifelnd und hob eine Hand von den Zügeln, um auf den wundervollen Tag hinzuweisen.

Ich schaute hoch zum Himmel und sah einen Vogel vorbeisegeln. „Dies ist spektakulär. Aber ich wette, die Winter sind ziemlich kalt und ihr sitzt oft drinnen fest."

„Festzusitzen ist nicht so schlimm, wenn du mit der richtigen Person zusammen bist."

Ich rutschte in meinem Sattel, während ich daran dachte, dass ich mit Colt festsaß. „Seid ihr beide aus Montana?", wollte ich wissen, wodurch ich versuchte, das Geplauder weiterzuführen. Mir gefiel, was ich an den Zweien sah, aber wenn ich es dabei beließ – ihrem guten Aussehen – dann war ich nicht besser als meine Fans, die nach der Oberfläche lechzten und die Person darunter überhaupt nicht kannten.

„Wir sind durch und durch Bridgewater Männer."

Ich war auf meinem Weg vom Flughafen durch Bridgewater gefahren. Eine malerische, kleine Stadt wie von einer Westernpostkarte. „Es wirkt wie ein toller Ort zum Aufwachsen. Leben eure Familien hier?"

Micah nutzte seinen Finger, um seinen Hut ein wenig hochzuschieben. Sein Gesicht lag nun weniger im Schatten und ich konnte seine hellen Augen besser sehen. „Meine Eltern leben in Bridgewater. Mein Bruder in Helena."

„Meine Eltern sind vor ein paar Jahren nach Texas gezogen", fügte Colt hinzu.

„Ihr lebt also in der Stadt?" Ich dachte an Ann Marie und unser Gespräch, biss auf meine Lippe, dann in den sauren Apfel und suchte die Antwort, die ich schon die ganze Zeit wissen wollte. „Mit euren...mit euren Frauen?"

Ich schaute runter auf meine Hände, da ich Angst hatte, in ihre Gesichter zu blicken. Sie waren still. Ich war eine Idiotin. Gott, so eine Idiotin!

„Frägst du, ob wir eine Frau in unserem Leben haben?", wollte Colt wissen.

Ich legte meine Stirn ein wenig in Falten, verwirrt von seiner Wortwahl. Ich zuckte mit den Achseln, denn ich hatte Angst, mehr zu sagen.

„Das ist in Ordnung. Du hast ein Recht, es zu wissen", fügte er hinzu.

Ich schaute zu ihm hoch und blickte finster. „Nein, das tue ich nicht. Es geht mich nichts an. Ich entschuldige mich. Ich habe versucht ein wenig zu plaudern und ich...na ja, hätte nach dem Wetter fragen sollen oder so etwas."

Da nahm der Wind zu und ich zog meine Schildmütze tiefer. Ich hatte sie zuvor angezogen, um meine Augen vor der hellen Sonne abzuschirmen, aber seitdem hatte sie sich hinter den Wolken versteckt.

Micah lachte und lenkte meine Aufmerksamkeit von Colt weg.

„Lacey, wir haben dich geküsst. Wir tun das nicht, wenn wir mit jemand anderem zusammen sind. Wir sind nicht verheiratet", versicherte er mir. „Keine Freundin. Wir haben nach der richtigen Frau gesucht."

Ich nickte. Definitiv verstehend. Wenn ich Ann Marie wäre, hätte ich das mit einem Lachen abgetan, eine witzige Antwort gegeben und weitergemacht. Ich? Ich fühlte mich dumm. „Ich kann das verstehen. Also...es ist warm heute."

Jetzt war Cole an der Reihe, zu lachen. „Du musst nicht übers Wetter reden. Nach dem Kuss, den wir teilten, kannst du uns alles fragen."

Ich biss auf meine Lippe, denn meine Gedanken wanderten in eine sehr versaute Richtung. Bemühten sie sich immer um die gleiche Frau? Mochten sie es ein wenig grob und wild? Waren sie so dominant im Bett wie sie es außerhalb zu sein schienen? „Alles?"

„Alles", bestätigte er, dieses Mal war sein Tonfall ein bisschen ernster. „Wir werden uns abwechseln."

Ich schaute zwischen den beiden hin und her, sah ihre entspannten Haltungen, ihr unbeschwertes Lächeln. Sie waren nicht verlegen, wie ich es war, also gab ich es auch auf. Ich holte tief Luft, lächelte. „Klar."

„Ich werde den Anfang machen", verkündete Micah. „Eine leichte Frage. Was machst du beruflich?"

Ich biss auf meine Lippe. Ich würde nicht lügen. Auch wenn es mir gefiel, anonym zu sein, würde ich nicht etwas sein, das ich nicht war. „Ich bin Schauspielerin."

„Filme?", fragte Colt.

„Nein." Ich machte keine Filme. Das war die Wahrheit. „Ich bin dran." Ich hielt meinen Blick auf Colt gerichtet. Der Wind war jetzt stärker, zerrte an meinem Pferdeschwanz. Ich wollte ihn fragen, ob er es gernhatte, wenn die Frau oben war oder ob es ihm gefiel sie von hinten zu ficken – beides war für mich okay – aber nein. Ich blieb bei den anständigen Fragen. „Du bist der Vorarbeiter der Gästeranch. Was umfasst das?"

„Ich beaufsichtige die ganze Seite von Hawk's Landing, die nichts mit den Gästen zu tun hat. Ställe, Tiere, Land."

Das war eine große Aufgabe. Tonnenweise Verantwortung. Aufgrund dessen, was ich auf der Gästeranch gesehen hatte, ging ich davon aus, dass sie gut geführt wurde und das Grundstück war fantastisch. Das Pferd, auf dem ich saß, wirkte...trainiert.

„Wolltest du das schon immer tun?"

„Ja, allerdings auf meiner eigenen Ranch. Aber das waren zwei Fragen", antwortete Colt. „Ich bin dran."

„Nein, bist du nicht", entgegnete Micah. „Du hast sie gefragt, ob sie in Filmen spielt."

Colt seufzte. Ich konnte nicht anders, als lachen, während sie um mich kämpften.

„Du schauspielerst. Hast du in irgendetwas gespielt, das wir kennen?", fragte Micah, dann schaute er hoch zum Himmel.

„Eindeutig nicht", erwiderte ich. Da sie mich nicht erkannten, waren sie mit der Hunters Serie nicht vertraut. „Ich nehme an, ihr schaut kein Fernsehen." Oder lest Boulevardzeitschriften. Ich formulierte es nicht als Frage und beide Männer schüttelten ihre Köpfe.

„Zu beschäftigt und ich hasse Werbung", antwortete Micah und Colt stimmte ihm zu. „Wegen meinem Geschäft bin ich die ganze Zeit draußen, sogar im Winter."

Das ergab Sinn. Ich kannte eine Menge Leute, die nicht fernsahen, einschließlich mich selbst. Sie ließen vielleicht Filme laufen. „Na gut, ich werde euch verraten, dass ich eine sehr berühmte Schauspielerin bin."

Micah neigte seinen Kopf, musterte mich. Ich hatte ihnen die vollständige Wahrheit erzählt. Während der Ton zwar als sarkastisch ausgelegt werden konnte und wie eine komplette Lüge rüberkommen sollte, obwohl es die reine Wahrheit war, schien er irgendeine Entscheidung über mich zu treffen. Und es hatte nichts damit zu tun, dass ich eine berühmte Schauspielerin war.

„Gut für dich." Das war alles, was er sagte.

Mein Mund klappte auf und ich war mir nicht sicher, was ich denken sollte. „Das ist alles?", fragte ich. Ich konnte nicht anders. „Du willst nichts über Charlize Theron wissen oder ob ich ein schickes Auto habe?"

„Ist das deine Frage, wenn du an der Reihe bist?"

Ich schnaubte.

„Lacey, wir wollen etwas über dich wissen. Charlize Theron wirkt wie eine nette Frau, aber warum sollten wir an ihr interessiert sein, wenn wir eine wunderschöne Frau zwischen uns haben? Wenn wir wissen, wie du schmeckst?" Mein Mund klappte bei Micas Antwort wieder auf. Meine Nippel wurden hart.

„Und ein schickes Auto?", fragte Colt. „Dies ist Montana. Ein schickes Auto wird die Matschsaison nicht überstehen. Was du brauchst ist ein Pick-up. Wenn du sagen würdest, dass du einen 'Ford Dually F-350' hast, würde ich sagen, ich wäre verliebt."

Ich lachte. „In mich oder den Truck?"

„Wenn du in dem Truck wärst, würde ich dich für immer behalten."

Nach dem Blick in seinen Augen zu schließen, hatte ich eine Ahnung, dass er es nicht sarkastisch meinte. Er meinte es todernst. Ich räusperte mich und schaute zu Micah, obwohl die Art, wie er mich anstarrte, nicht weniger einschüchternd war. „Was macht deine Firma, außer Frauen mit auf Ausritte zu nehmen, sonst noch?"

„Zelten. Wildwasser Rafting. Klettern. Abenteuerausflüge. Wir haben uns mit Freunden zusammengetan, die ein Helikoptergeschäft in der Stadt haben, um Leute tief ins Hinterland zu bringen. Heliskiing im Winter. Die Liste ist endlos, da wir Ausflüge auf Wunsch anbieten."

„Wenn du solch wilde Abenteuer machst, warum machst du diesen einfachen Ausritt mit mir?"

Er schaute wieder hoch zum Himmel. „Zuerst war ein Zweitagesausflug mit Zelt geplant, aber ich glaube, es war deine Schwester, die anrief und es zu einem einfachen Ausritt änderte."

Ich nickte, da ich mich an das fehlende Interesse meiner Schwester erinnerte, irgendeine Zeit in einem Zelt zu verbringen, sogar mit Gabe.

„Es ist einfacher für Matt und Ethan – unsere Freunde, denen Hawk's Landing gehört – besondere Ausflüge in andere Hände zu geben, als jemanden extra dafür anzustellen." Er blickte wieder zum Himmel, was mich dazu veranlasste, nun ebenfalls hochzuschauen. „Ein Gewitter zieht auf."

„Also, du küsst nicht alle deine Kunden?"

Micahs Blick wanderte vom Himmel zu mir und dieser glühende Blick ließ mich meine Lippen lecken. „Meine letzten Kunden waren ein Haufen Kerle, die vor dreißig Jahren im College Freunde waren. Ich habe sie mit zum Angeln in sauberen Gewässern genommen. Ich habe sie definitiv nicht geküsst und ich wollte sie auch nicht mit Colt teilen. Ich küsse keinen meiner Kunden, Lacey. Erinnre dich, dieser Ausflug läuft nicht mehr über die Bücher."

Der Wind schlug mir meinen Pferdeschwanz ins Gesicht und ich schwang ihn zurück.

„Wir wollen nur dich küssen", fügte Colt hinzu. Seine Stimme war tief und eindringlich und ich fühlte diese Worte in meinem ganzen Körper.

„Ein Sturm zieht auf", stellte Micah fest. Als ich mich drehte, um ihn anzuschauen, war sein Blick wieder einmal auf den Himmel gerichtet.

Ich hatte dem nicht viel Aufmerksamkeit geschenkt – besonders nicht, seit wir über Küssen redeten – aber der Wind fing an, zu blasen und dicke, graue Wolken waren aufgezogen. Ich konnte nicht länger die Berggipfel sehen und es war dunkler geworden. Ein Grollen erklang im Westen. „Das ging unglaublich schnell", kommentierte ich. Ich hatte noch nie gesehen, dass ein Sturm so schnell aufzog.

Micah sah an mir vorbei zu Colt und ich konnte sehen, dass sie ohne Worte kommunizierten.

„Was ist los?", fragte ich, während ich vom einen zum anderen schaute. Ein starker Windstoß blies mir fast den Hut vom Kopf und ich legte meine Hand darauf, um ihn an Ort und Stelle zu halten.

„Wir sind in den Bergen. Schlechtes Wetter kann hier schnell aufziehen. Trifft Leute unvorbereitet. Es ist hier draußen nicht sicher. Wir müssen zu einem Unterschlupf gehen."

Ich blickte mich um. Wir waren draußen mitten im Nirgendwo und zwei Stunden von der Gästeranch entfernt. „Wo?"

Ein lautes Donnergrollen durchschnitt das Tosen des Windes. Die Temperatur war gefallen und Gänsehaut breitete sich auf meinen nackten Armen aus.

„Eine der abgelegenen Hütten befindet sich auf der anderen Seite des Sees", sagte Colt und deutete dorthin. Sein Pferd trat nervös hin und her, weshalb er sich nach vorne beugte und dessen Hals tätschelte.

„Belegt?", fragte Micah und schaute wieder hoch. Als ich in den Himmel guckte, sah ich dicke, dunkle Wolken. Ich war keine Expertin, also musste ich mich fragen, was er sah.

Während Colt mit den Achseln zuckte, sagte er: „Es ist nicht von Bedeutung, ob Gäste dort sind. Nicht bei diesem Wetter."

Micah sah zu mir. „Wir müssen unter ein Dach kommen. Hawk's Landing besitzt mehrere abgelegene Hütten für Gäste und das ist der nächste Unterschlupf. Du musst dir keine Sorgen machen, wir werden uns um dich kümmern."

Ich nickte, denn ich glaubte ihm. Ich zweifelte nicht daran, dass sie wussten, was sie taten. Alles, was ich wusste, war, sich von Bäumen fernzuhalten und nicht bei einem Gewitter auf einem Golfplatz aufzuschlagen. Aber das war in der Zivilisation.

„Offensichtlich ist es schnell herbeigezogen und wird wahrscheinlich nicht lang andauern, aber wir müssen uns beeilen." Colt setzte sein Pferd in Bewegung und ritt davon, als ich meine Fersen dem Tier in die Flanken drückte. Das Pferd begann in dem gleichen langsamen Tempo vor sich hin zu trotten wie zuvor, aber ich hatte keine Ahnung, wie ich es dazu bringen konnte, schneller zu gehen. Ich stupste ihn wieder und wackelte mit den Hüften, aber sein Tempo änderte sich nicht. Hatte er nur einen Gang? „Ich weiß nicht, wie man schnell reitet!", schrie ich in den Wind und schaute panisch zu Micah.

Colt hielt an und drehte sich mit erfahrener Präzision zu mir um. Bevor ich auch nur blinzeln konnte, hob mich Micah mit einem Arm um meine Taille hoch und aus meinem Sattel. „Schling deine Arme um mich und halt dich fest."

Ich tat, wie er sagte, bewegte meine Hüften, so dass ich bequem saß und umarmte dann Micah. Fest. Colt schnappte sich die Zügel meines Pferdes.

„Wir müssen uns beeilen. Okay?", fragte Micah und schaute über seine Schulter zu mir. Ich nickte, dann lehnte ich mich an ihn, als das Pferd anfing sich in einem viel schnelleren Tempo zu bewegen als zuvor.

Eine seiner Hände legte sich auf meine auf seinem Unterbauch und drückte sie.

Das harte Trommeln der Pferdehufe ließ es klingen wie eine panische Flucht. Ich fühlte mich sicher, denn ich wusste, dass Colt neben mir war. Während ich mich an Micah klammerte, spürte ich die Wärme seines Körpers, wie sich seine Rückenmuskeln bewegten und anspannten, als wir uns bewegten.

„Der Regen kommt."

Er sagte es und schon fielen die ersten fetten Tropfen. Dann kam der Wolkenbruch. Es war, als hätte Gott den

Wasserhahn aufgedreht, denn wir waren innerhalb von Sekunden klatschnass. Micah griff meinen Arm noch viel fester, als ob er versuchen würde, mich abzuschirmen, aber es war vergebens. Ich war innerhalb kürzester Zeit bis auf die Knochen durchnässt, außer an der Stelle, wo sich unsere Körper berührten.

Micah fluchte, dann sagte er: „Hab keine Angst. Du bist bei uns sicher."

Ja. Das war ich. Ich hatte überhaupt keine Angst. Tatsächlich war dies berauschend. Ich fühlte mich wie eine Dame in Nöten, die von dem Cowboy in weiß gerettet wurde. Aber ich hatte zwei von ihnen. Meine Nippel waren hart, dieses Mal von dem kalten Regen, aber sie schmerzten wegen dem Mann vor mir und dem Anblick von Colt vor uns, der sich auf seinem vertrauenswürdigen Ross völlig wohl zu fühlen schien. Ich lächelte, dann lachte ich in den Regen über meine fantasievollen Gedanken. Selbst ein TV-Skript Autor konnte sich nicht etwas Besseres als das ausdenken.

6

ICAH

COLT RITT ZUR HÜTTE VORAUS, um nachzuschauen, ob irgendjemand dort war. Zu dem Zeitpunkt, an dem ich bei der Hütte ankam, runtersprang und Lacey vom Pferd half, kam er nach draußen und schnappte sich die Zügel seines und meines Pferdes.

„Leer", schrie er durch den strömenden Regen. „Geht rein."

Mit einer Hand auf ihrer Taille rannte ich mit Lacey die zwei Stufen hoch auf die kleine Veranda und aus dem Regen.

„Was ist das für ein Ort?", fragte sie, während sie ihren Hut abnahm. Von der Spitze ihres Pferdeschwanzes tropfte Wasser auf ihren Rücken.

„Hawk's Landing hat mehrere Hütten im Hinterland", erklärte ich laut, da der Regen laut auf das Blechdach trommelte. Nachdem ich meinen eigenen Hut ausgezogen hatte, legte ich ihn auf einen der zwei Adirondack Stühle. „Gäste können hierher wandern oder reiten und dann die Nacht hier verbringen."

Colt hatte die Eingangstür offengelassen und sie spähte ins Innere.

„Da verzichtet man doch auf keine Bequemlichkeit", kommentierte sie. „Wenn Ann Marie davon gewusst hätte, hätte sie die Übernachtung nicht abgesagt."

Lacey war durchnässt, ihre Jeans klebte an ihren Beinen, ihr T-Shirt war nicht durchsichtig, aber es verbarg auch nichts. Ich konnte deutlich die Form ihrer Brüste sehen, sogar die kleinen Punkte, die die harte Spitze ihres Nippels umkreisten. Es klebte an ihrem Bauch und mir konnten ihre Kurven nicht entgehen – eine schmale Taille und wundervoll breite Hüften.

„Ich habe schon mal gehört, dass es Glamping genannt wird." Als sie die Stirn runzelte, fuhr ich fort: „Glamouröses Camping. Es gibt keine Elektrizität oder fließendes Wasser, aber es sollte gut ausgestattet sein."

Ich hatte zuvor noch keine Gäste hierhergebracht, aber zu anderen Hütten, die in den hinteren Winkeln des Grundstücks von Hawk's Landing verteilt waren. Die Hütte stand auf einer Lichtung am Rand eines kristallklaren Sees. Von den Verandastühlen hätte man einen perfekten Blick auf die Berggipfel in der Ferne, würde der Regenschauer sie nicht verbergen.

Die Blockhütte war alles andere als rustikal. Matt und Ethan hatten keine Kosten gescheut. Wenn auch klein, mit nur einem Zimmer, so hatte sie doch Fenster, die auf den See hinausblickten. Wenn sie wie die Anderen war, dann gab es ein Kingsize-Bett, ein bequemes Sofa und eine kleine Küchenecke mit Tisch und Stühlen. Ein kleiner Propantank sorgte für Wärme in der Hütte, Lampenlicht und betrieb einen kleinen Herd, um Essen zu kochen. Dies waren die Grundlagen, aber sie verfügte auch über qualitativ hochwertige Bettlaken, eine Plüschmatratze, dicke Teppiche auf dem Boden und sogar noch dickeren Decken. Die einzige Unbequemlichkeit würde das fehlende Bad sein. Es gab ein hübsches Plumpsklo hinter der Hütte mit einer Holztür, in der ein Mond ausgesägt worden war.

Colt kam um die Hütte gelaufen und die Treppen hoch. „Die Pferde sind im überdachten Anbau. Ich habe ihnen die Sättel abgenommen, also geht es ihnen fürs Erste gut." Er wandte sich an Lacey. „Du frierst. Rein mit dir, Frau."

Er streckte seinen Arm aus, damit sie als Erste hineinging.

Ich schloss die Tür hinter uns, ging zu der kleinen Heizvorrichtung in der Wand und drehte sie an.

Colt lief zu einer Kommode, öffnete eine Schublade, dann eine andere, schnappte ein paar Handtücher und warf eines zu mir.

Lacey stand vor uns und beobachtete uns mit verschränkten Armen und praktisch am ganzen Körper zitternd.

„Dann wollen wir dich mal abtrocknen", sagte ich. Ich nahm ihre kalte Hand in meine und rubbelte mit dem weichen, weißen Handtuch über ihren Arm. Colt begann ihren anderen Arm abzutrocknen.

„Wartet", bat sie, während sie auf den glänzenden Holzfußboden schaute, auf den wir tropften. Ich beobachtete, wie sie auf ihre Lippe biss, dann erschauderte. Wir hörten auf und mein Blick huschte zu Colt in der Sorge, dass wir zu dreist gewesen waren. Aber als sie zwischen uns hin und her schaute, ihre Zähne in ihre Unterlippe gedrückt, dann den Saum ihres T-Shirts ergriff und es auszog – was nicht einfach war, da es so klatschnass war – ließ ich diese Sorgen ziehen.

Sie holte tief Luft und ich beobachtete, wie sich ihre Brüste in den Körbchen ihres pinken Spitzen-BHs hoben, dann senkten.

Heiliges. Kanonenrohr.

„Bin ich verrückt, dass ich euch beide will?", fragte sie mit weicher Stimme. Sie atmete tief ein, dann fuhr sie schnell fort. „Ich meine, ich bin eine kompetente Frau. Ich sollte wissen, was ich will und es mir nehmen. Richtig? Ich bin nicht sechzehn. Meine Schwester hat es mehr als offensichtlich gemacht, dass ich durch eine...eine Trockenphase gegangen bin. Ich sollte nicht nervös sein. Verlegen vielleicht, aber nicht nervös."

Ich fiel vor ihr auf die Knie und schaute zu ihrem reizenden Körper hoch, um zu sehen, dass ihre Augen mit einer Menge Verlangen und einer großen Portion Verwirrung gefüllt waren. Eine Frau sollte keine Zeit damit verschwenden, darüber zu debattieren, ob sie dem, was sie sexuell wollte, nachgehen sollte. Wenn sie einen heißen Fick mit zwei Cowboys wollte, sollte sie nicht darüber nachdenken müssen. Wir waren hier, um mit ihr Spaß zu haben, um dafür zu sorgen, dass sie sich gut fühlte, um alles über sie zu lernen, was es zu lernen gab. Auch wenn sie nicht wusste, dass wir langfristige Pläne mit ihr hatten, musste sie keine Angst vor uns haben. Nein, wir wollten, dass sie die Macht hatte. Dass sie kühn in ihrer Leidenschaft war.

„Zur Hölle, nein." Ich beugte mich vor und küsste die feuchte Haut auf ihrem Bauch, dann blickte ich zu ihr hoch, die vollen Rundungen ihrer Brüste waren...genau...dort. „Dies...uns, es gibt da etwas und wir wollen es mit dir erkunden."

Colts Hand glitt ihren Rücken hoch und er öffnete geschickt die Haken ihres BHs. Während er ihre Schulter küsste, schob er das Band von einer Schulter und es fiel leicht von der anderen. Lacey ließ ihn von ihren Armen gleiten und zu Boden fallen.

Colts Atem zischte bei dem Anblick ihrer harten Nippel. Sie waren wie reife Beeren, leuchtend pink und bereit, probiert zu werden. Ich musste mich nur einige Zentimeter vorbeugen, um einen in meinen Mund zu nehmen, um dessen festen Druck gegen meine Zunge und meinen Gaumen zu spüren. Und als ich leicht saugte, kamen ihre Hände auf meinen Kopf, vergruben sich in meinen Haaren. Zogen mich näher.

Colt umfasste ihre andere Brust und sie füllte nicht seine

große Handfläche aus, aber sie war hoch und fest und ich war zufrieden damit, den ganzen Tag vor ihr zu knien. Aber es schien, als hätte sie andere Ideen.

„Mehr", keuchte sie.

Ich löste mich von mir, beobachtete, wie Colt sich zu ihr beugte und sie küsste, wobei sein Daumen über ihren Nippel vor und zurück glitt. Ich machte mich an die Arbeit und öffnete den Knopf ihrer Jeans, zog den Reißverschluss runter. Ich konnte ein Stück ihres passenden pinken Spitzenhöschens sehen und mein Schwanz übernahm die Kontrolle. Mit meinen Fingern auf ihrer Hüfte, versuchte ich, ihre Hose herunterzuziehen, aber sie waren zu nass.

Ich knurrte und stand auf, während ich meine Schulter in ihren Bauch drückte und sie anschließend darüber warf, um sie zum Bett zu tragen. Ich ließ sie darauf fallen. Colt trat zurück und ging auf die Seite der riesigen Matratze, schnappte sich die dekorativen Kissen und warf sie aus dem Weg.

Mich vorlehnend, zog ich wieder an ihrer Hose, arbeitete sie ihre Beine hinunter, bis sie um ihre Knöchel hing. Nach einem kurzen Blick zu Colt, der genauso ungeduldig wie ich wirkte, schnappten wir jeder einen Fuß, zogen ihre Schuhe und Socken aus und dann zusammen die Jeans.

Jetzt lag auf dem weichen Bett eine fast nackte Frau vor uns, nur ihr nasser, pinker Spitzenslip bedeckte sie sittsam. Der Regen trommelte auf das Dach, Donner grollte in der Ferne. „Du bist allein mit uns, Süße." Mein Blick wanderte über ihren Körper, von ihren lustgefüllten Augen bis zu ihren nach oben gewandten Brüsten, der schmalen Taille, den breiten Hüften, langen Beinen. Jeder Zentimeter ihrer blassen Haut war perfekt.

„Wir sind dir auf Gedeih und Verderb ausgeliefert", sagte Colt. „Was wirst du deswegen unternehmen?"

———

LACEY

ER WARF mich auf das Bett. Ich musste zugeben, so grob von einem Cowboy behandelt zu werden, war die heißeste Sache aller Zeiten. Na ja, nein. Die zwei jetzt über mir aufragen zu sehen, während ihre nassen Hemden an jedem Zentimeter ihrer steinharten Brust und Bauchmuskeln klebten, das war die heißeste Sache. Ich hatte das Gefühl, dass sich meine 'heißeste Sache' mit jeder Minute verändern würde, also hörte ich auf zu denken. Ich beschloss nur noch zu handeln. Sie wollten mich. Mir konnten die dicken Umrisse ihrer Penisse nicht entgehen. Und sie waren groß. Ich leckte meine Lippen, dann stemmte ich mich hoch, so dass ich vor ihnen auf meinen Knien war. Obwohl ich mich auf dem Bett befand, waren sie immer noch größer.

„Ich kann tun, was auch immer ich will?", fragte ich und ein Lächeln bewegte meine Mundwinkel nach oben.

Colt nickte, sein Blick war auf meinen Körper gerichtet.

„Dann tragt ihr viel zu viele Klamotten", stellte ich fest.

Micah hob seine Hände zu seinem Hemd und ich schüttelte meinen Kopf. Seine Finger hielten inne.

„Lass mich."

Ich trat näher an ihn heran, so dass meine Hände auf seiner Brust ruhten. Ich blickte nach oben und in seine hellen Augen. Sie waren genauso dunkel und stürmisch wie das Wetter draußen, seine nassen Haare waren ein paar Schattierungen dunkler. Wassertropfen fielen von den längeren Locken auf seine Schultern. Genauso wie ich es wollte seit dem Moment, in dem ich ihn erblickt hatte, packte ich die Vorderseite seines Hemdes und zog.

Die Druckknöpfe gaben nach, so wie ich es erwartet hatte. Mir lief das Wasser im Mund zusammen, während jeder Zentimeter seiner Brust entblößt wurde. Ein Fleck heller Haare befand sich auf seiner Brust. Er verjüngte sich zu einer schmalen Linie, die zu seinem Bauchnabel lief. Als Micah aus dem Hemd schlüpfte und es auf den Boden fallen ließ, sah ich, dass sich die Linie in seiner Jeans fortsetzte.

Ich nahm mir einen Moment, um diesen Anblick zu bewundern und ich war dankbar, dass er regungslos blieb und mir erlaubte ihn anzustarren. Unverhohlen.

Dann schaute ich zu Colt. Er wartete erwartungsvoll. „Ich will nicht, dass du dich vernachlässigt fühlst", sagte ich mit einem vorgetäuschten Schmollmund. Ich ging auf meine Knie, so dass ich die Vorderseite seines Hemdes packen und wegziehen konnte. Bald waren sie beide bis zur Taille nackt.

„Oh, meine Güte."

Ich schnappte das Handtuch aus Colts Hand – ich bezweifelte, dass er überhaupt wusste, dass er es hielt – und fing an, sie abzutrocknen. Ich nahm mir Zeit und erforschte jeden Muskel, fand alte Narben, beobachtete, wie sich ihre Muskeln anspannten, als ich mit der Rückseite meiner Finger über ihren Bauch strich. Ich kletterte aus dem Bett, trat hinter sie, um ihre Hinterseite zu mustern.

Hallo! Breite Schultern und Rückenmuskeln wie Fledermausflügel. Ich rieb in langsamer Bewunderung mit dem Handtuch über sie. Wie eine Person drehten sie sich um und traten mir gegenüber. „Unsere Rücken sind trocken", meinte Micah mit einem verschmitzten Grinsen. „Was ist als nächstes dran?"

Ich schaute nach unten. „Ich glaube nicht, dass ich in der Lage sein werde, diese Hosen selbst auszuziehen." Es war nicht nur schwer, nassen Jeansstoff auszuziehen, sondern sie trugen auch noch robuste Lederstiefel. Es war jedoch nicht nur das, ich war mir auch nicht sicher, ob ich die Hosen über diese riesigen Ständer bekommen könnte.

Colt schlüpfte aus seinen Stiefeln, erst dem einen, dann dem anderen und zog auch seine Hose und Boxershorts verdammt schnell aus. Micah war nicht viel langsamer und so standen sie vor mir. Nackt. Wie in vollständig, absolut, umwerfend nackt.

„Heilige Scheiße", flüsterte ich, während ich glotzte. Ja, ich glotzte total. Ich hatte in meiner Zeit einige Schwänze gesehen, ein paar auf einen Ritt genommen, aber diese? Wow.

Diese waren groß und dick und lang und alles, was eine Frau wollte. Während Colts von einem gesunden Rot war mit einer breiten Eichel, war Micahs länger. Sie sollten stolz auf sie sein – ich war es für sie und ich war begierig sie in meine Hände zu bekommen. Tatsächlich...

„Einer für jede Hand", stellte ich fest, während ich sie packte. Micah erschrak und Colt stieß zischend seinen Atem aus.

Micahs Hand kam nach unten und bedeckte meine. „Härter, Süße."

Colt grunzte, tat das Gleiche und zeigte mir, wie ich meine Hand seine Länge hoch und runter bewegen sollte, um ihm Vergnügen zu bereiten. „Definitiv härter. Ich mag es ein wenig grob."

Mein Blick huschte zu seinem, dann, in einem Moment der Kühnheit, fiel ich vor ihnen auf die Knie. „Wer ist der Erste?", fragte ich.

Obwohl sie beide heiße Cowboys waren, waren sie doch sehr unterschiedlich. Einer hell, der andere dunkel. Einer breit, der andere schlanker. Ernst und gelassen. Sie waren wie zwei polare Gegensätze und dennoch wollte ich sie beide. Mir lief das Wasser im Mund zusammen bei dem Gedanken, ihre Geschmäcker zu vergleichen und das Gefühl, wie sie meinen Mund, meine Kehle füllten.

Es war dieses Mal Colt, der sich nach unten beugte, mich hochhob und auf das Bett warf. „Wer ist der Erste?", wiederholte er.

Ich hüpfte einmal auf und Micahs Augen lagen auf meinen Brüsten, als sie von der Bewegung schwangen.

„Die Dame ist immer die Erste."

Meine Füße waren auf dem Bett, meine Knie angewinkelt. Ich fühlte mich weit davon entfernt, eine Dame zu sein.

Jeder von ihnen packte einen Knöchel, zog mich runter, so dass sich mein Hintern am Bettrand befand. Colt arbeitete meinen Slip nach unten und runter, aber er verhakte sich an meinem Knöchel. Keiner von ihnen schien es zu bemerken, da ihre Augen förmlich auf meiner intimsten Stelle klebten. Ich hatte das Gefühl, dass sie diejenige war, die die Erste wäre.

„Letzte Chance, Süße. Sag es mir jetzt, wenn du nicht meinen Mund auf deiner Muschi haben willst. Denn wenn ich erst einmal von dir gekostet habe, bin ich mir nicht sicher, ob ich in der Lage sein werde, aufzuhören."

7

ACEY

OH. Mein. Gott. Er redete gerne versaut.

„Colt mag Pussy", kommentierte Micah, während sein Freund zwischen meinen gespreizten Schenkeln auf seine Knie fiel.

Da ich nichts sagte – warum sollte ich? – wartete Colt keine Sekunde länger und legte seinen Mund auf mich. Seine Zunge, um genau zu sein, und auf sehr fachkundige Weise. Ich wölbte meinen Rücken und schrie auf, als ich seine Hitze spürte.

„Ich?", fuhr Micah fort, während er um die Seite des Bettes ging, ein Knie auf die Matratze stellte und sich über mich beugte. Als Colt seine Daumen verwendete, um mich zu teilen, dann eine feste Zunge in meinen Eingang schob und hoch zu meiner Klitoris, fiel es mir schwer, mich auf Micahs blaue Augen zu konzentrieren. Er lächelte. „Das gefällt dir, nicht wahr?"

Ich nickte und keuchte, als Colt gegen meine Klitoris schnalzte. Meine Haut war nicht länger feucht von dem Regen.

Nein, es stieg alles als Dampf von mir auf, ich war so erhitzt, so angetörnt.

Micahs Augen wanderten über meinen Körper, erfassten Colts dunklen Schopf zwischen meinen Schenkeln. „Ich bin ein Brüste-Mann." Er senkte seinen Kopf, nahm einen Nippel in seinen Mund, leckte darüber und saugte an ihm. Er erhob sich weit genug, um seinen Atem über die feuchte Spitze zu blasen. „Na gut, Titten und Ärsche. Ich liebe Titten und ich wette, ich kann dich allein durch mein Spiel mit ihnen zum Höhepunkt bringen."

„Ich werde mich nicht von dieser Muschi wegbewegen", knurrte Colt.

Irgendwie brachte mich der Gedanke, dass sie sich fast über mich stritten, zum Lächeln. Aber dann tat Colt etwas mit seiner Zunge und Micah zwickte meinen Nippel. Ich stöhnte, nicht sicher, ob es von den versauten Worten oder von Colts schonungsloser und fabelhafter Aufmerksamkeit herrührte.

„Aber ich mag auch einen vollen Hintern. Ich mag es, ihn zu versohlen, ihn zu ficken."

Doppelt versaute Worte. Fuck. „Ich werde kommen", warnte ich sie. Eine meiner Hände vergrub sich in der weichen Decke, die andere packte Micahs Knie.

„Wir würden dich niemals verletzten, Süße", versprach mir Colt, während er eine feuchte Linie entlang meines Innenschenkels küsste. „Aber wir mögen es manchmal ein wenig grob."

„Ich mag grob", keuchte ich, dann zog ich einen Schmollmund. „Aber ihr seid nicht grob, ihr seid gemein."

Eine dunkle Augenbraue hob sich und er grinste, meine Erregung glitschig auf seinen Lippen und Kinn. „Oh?"

„Bringt mich zum Höhepunkt", forderte ich, machte einen tollen Sit-Up und ergriff seinen Kopf, um ihn zurück zu meiner Pussy zu ziehen.

Natürlich handelte er nicht, wie ich es wollte, und hielt sich ein paar Zentimeter von da entfernt, wo ich ihn wollte, und grinste weiterhin. „Oh, du kommandierst wohl gerne herum?"

Ich plumpste mit dem Kopf zurück auf das Bett und stöhnte.

Micah beugte sich über mich. Ein Wassertropfen fiel von seinen Haaren auf die untere Kurve meiner rechten Brust. Er senkte sich nach unten und leckte ihn auf. „Dieses Mal wirst du deinen Willen bekommen. Nächstes Mal…"

Er beendete seine Worte nicht, zumindest glaubte ich, dass er es nicht tat. Colt schenkte wieder meiner Klitoris seine gründliche Aufmerksamkeit und meine ganze Gehirnkraft schmolz dahin. Meine Oberschenkelmuskeln zogen sich zusammen und mein Rücken wölbte sich. Als er langsam einen Finger in mich schob und krümmte, kam ich.

Und ich war nicht leise.

Nein. Ich bockte und grapschte, schrie und kreischte ihre Namen. Auch den von Gott.

Ich hatte zuvor Orgasmen gehabt. Vibratoren, sogar meine Finger funktionierten. Allein oder mit einem Kerl hatte ich mich immer selbst berühren müssen, um den Höhepunkt zu erreichen. Ich hatte noch nie einen Orgasmus allein von den Bemühungen eines Mannes bekommen. Vielleicht war Colt einfach nur geschickt mit seiner Zunge oder Micah hatte mich genug abgelenkt, dass ich mir keine Sorgen gemacht hatte, ob Colt dachte, dass ich dort unten lustig aussah oder ob ich feucht genug war oder ob es zu lange dauerte. Ich hatte an fast nichts gedacht. Sie waren zu gut darin…na ja, mich gut fühlen zu lassen.

Nein, das war nicht stark genug für das, wie sie mich hatten fühlen lassen. Heiß. Wild. Hemmungslos. Hübsch. Glücklich befriedigt.

Ein riesiges Grinsen erhellte mein Gesicht, als ich zur Decke starrte.

Colt streckte sich zu seiner vollen Größe, beugte sich nach unten und legte seine Hand neben meinen Kopf. Er wischte sich mit dem Rücken seiner freien Hand über den Mund, während er auf mich hinabstarrte. „Warum siehst du so selbstzufrieden aus?"

„Du bist mein Erster."

Er starrte mich mit solch einer Intensität an. „Du bist eine Jungfrau?"

Ich verdrehte meine Augen. „Nein, aber du bist der erste Kerl, der...der es geschafft hat, mich zum Höhepunkt zu bringen."

Da grinste er, eindeutig stolz auf sich selbst. „Also die Männer davor – "

„Wussten offensichtlich nicht, was sie taten."

Micah schnappte sich meine Hüfte, rollte mich zu sich, so dass ich auf meinem Bauch lag, und klatschte mir auf den Hintern. Ich keuchte, fühlte den Schlag, dann das Brennen. Ich schlängelte weg, nur um mir von Colt ebenfalls einen Klaps einzufangen.

„Warst du jemals mit zwei Männern zusammen?"

Ich schaute über meine Schulter zu Micah und schüttelte meinen Kopf.

„Hast du jemals einem Kerl erzählt, wie es dir gefällt?", fügte Colt hinzu und liebkoste das erhitzte Fleisch, das er versohlt hatte.

Ich biss auf meine Lippe, dachte darüber nach. „Nein, ich schätze nicht. Es war nur...Blümchensex."

„Wir brauchen keine Peitschen und Augenbinden, um dich kommen zu lassen, Süße. Aber ein wenig Seil?" Colt pfiff durch seine Zähne. „Ich bin ein Weltmeister darin, Kälber mit dem Lasso zu fangen. Könnte spaßig sein, einmal dich festzubinden anstatt ein Kalb."

Als ich versuchte, zurückzurollen, grinste er und hakte einen Arm um meine Taille. „Hast du die Kondome von der Hütte dabei?"

Daraufhin errötete ich, was lächerlich war, da er bereits sein Gesicht zwischen meinen Schenkeln vergraben hatte und ich jetzt nackt war mit meinem Hintern in der Luft. Er könnte nicht mehr von mir sehen, wenn er eine Bergmannsleuchte an seinem Kopf hätte. Und dennoch erhitzten sich meine Wangen bei der Erwähnung von Kondomen.

„In der kleinen Tasche, die Micah mir gegeben hat."

Micah ging, um die Tasche zu holen und ich wandte meinen Kopf, um ihn zu beobachten. Die Tasche war achtlos neben der Tür fallen gelassen worden und ich konnte nicht anders, als das Spiel seiner nackten Pomuskeln zu genießen, während er seinen Standort änderte, um sie aufzuheben. Er zog ein langes Band Kondome heraus. Ich hatte ihnen keine Beachtung geschenkt, aber ich musste mich jetzt fragen, ob sie passten, denn Micah und Colt waren groß. Überall.

Er drehte sich zur Seite des Bettes, riss ein Päckchen ab und warf den Rest aufs Bett. „Wie gut, dass ich auch ein paar eingepackt habe. Diese werden nicht reichen."

Ich warf einen Blick auf das lange Band. Das mussten mindestens sechs sein. Nicht genug?

Ich zog meine inneren Wände bei dem Gedanken zusammen, dass ich von diesen zweien so viele Male genommen werden sollte. Und dann noch ein paar Mal mehr.

Als Micah es vollständig übergerollt hatte, bewegte sich Colt aus dem Weg und Micah trat hinter mich. Seine dicke Länge glitt meinen erhitzten – und sehr sensiblen – Schoß hinab.

Ich wackelte mit den Hüften in der Hoffnung, dass er sich genau dort niederlassen würde, wo ich ihn wollte. Colt hatte mich zwar zum Höhepunkt gebracht, aber ich fühlte mich leer. Und diese großartigen Schwänze würden mich vollständig füllen.

„Bitte", bettelte ich. „Aber lass es langsam angehen, um sicherzugehen, dass er passt."

„Ah, Süße. Ich liebe Schmeicheleien, aber du hast uns bereit nackt vor dir", entgegnete Micah und glitt sehr, sehr vorsichtig in mich. Meine gierigen Muskeln dehnten sich und zogen sich um jeden einzelnen Zentimeter seiner Länge zusammen, bis ich fühlte, dass seine Hüften gegen meinen wunden Hintern drückten.

„Oh Gott", murmelte ich und machte einen Katzenbuckel. Er fühlte sich so gut an.

Colt gab ein kurzes Lachen von sich, während er es sich auf dem Bett bequem machte, die Kissen in seinem Rücken und ich vor ihm.

Und mit vor ihm, meinte ich vor seinem sehr großen, sehr erigierten Penis. Er befand sich nur wenige Zentimeter vor mir und ich musste an ihm vorbei und hochschauen, um Colts schelmisches Grinsen und glühenden Blick zu sehen.

„Willst du mich immer noch schmecken?"

Es war schwer, auch nur seine Worte zu verstehen, weil sich Micah im Schneckentempo aus mir zurückzog. Ich wimmerte, veränderte meine Position.

„Kann ich jetzt schneller machen, Süße?", fragte er.

Ich drehte meinen Kopf nicht, um Micah anzuschauen, sondern hielt meine Augen auf Colt gerichtet.

„Ja." Die Antwort war für sie beide. Ja, ich wollte, dass Micah mich schneller vögelte. Ja, ich wollte Colts Schwanz schmecken. Ich wollte diesen kleinen Lusttropfen an der Spitze ablecken. Und so wie er die Wurzel umfasste und seinen Penis für mich hielt, wollt er auch, dass ich es tat.

Ich beugte mich nach vorne und leckte ihn wie Eiscreme. Der salzige Tropfen bedeckte meine Zunge und ich wollte mehr. Ich wollte all das, von dem ich wusste, dass es seine großen, schweren Eier füllte.

Das Bett bewegte sich, als Micah aus dem Weg trat. Ich hatte noch nie zwei Männer gleichzeitig genommen, hatte es nicht einmal in Erwägung gezogen. Aber jetzt, wow. Jetzt hatte ich keine Ahnung, ob ich in der Lage wäre, zurückzugehen. Es war einfach so viel...mehr. Oder vielleicht waren es Micah und Colt.

Colts große Hand umfasste sanft meinen Hinterkopf,

während sich Micahs Handfläche auf meiner Hüfte niederließ. Nasse Geräusche des Vögelns füllten den Raum. Ich tropfte förmlich, was es Micah erleichterte, in mich einzudringen. Und mein Lecken und Saugen von Colts Schwanz fügte dieser Geräuschkulisse noch mehr hinzu. Colt atmete schwer und Micah gab ein kleines Stöhnen von sich, als er den Winkel seiner Hüften veränderte und lernte, was mich aufkeuchen ließ.

Je mehr Micah dafür sorgte, dass ich mich gut fühlte, desto weiter nahm ich Colt in meinen Mund. Ich würde wieder kommen. Ich konnte es jetzt fühlen, kannte den Unterschied zwischen dem, wenn ich mich selbst berührte und wie sie mich zum Orgasmus brachten. Aber Micahs Schwanz strich über Stellen in mir, die noch nie zuvor berührt worden waren. Ich hatte keine Ahnung, wie das möglich war, aber seine große Eichel strich einmal über die Stelle gerade innen, dann wieder, bevor er sich vollständig in mir versenkte. Wieder und wieder bis ich die Bettdecke ergriff und Colt praktisch in meiner Kehle steckte.

Colt atmete zischend aus und zog mich an meinen feuchten Haaren von sich. „Ich will in deiner Muschi kommen, Süße."

Ich zog mich bei diesem Gedanken um Micah zusammen, was ihn dazu veranlasste, meine Hüfte fester zu packen und zu stöhnen. Die Bewegungen seiner Hüften wurden ungleichmäßig. „Scheiße, rede wieder versaut mit ihr."

Ich grinste, da ich die Macht erkannte, die ich über Micah hatte, die Begeisterung, dass ich ihn besinnungslos machte.

„Was? Dass ich den Geschmack ihrer Muschi auf meiner Zunge habe und nicht warten kann, meinen Schwanz in sie zu stecken? Oder ist es, dass ich es liebe, zu beobachten, wie ihre perfekten Titten schwingen, während sie von hinten gefickt wird?"

Das Vergnügen, das sich fortwährend aufgebaut hatte, das meine Haut glitschig mit Schweiß gemacht hatte, durch das sich meine Nippel zusammenzogen und an der weichen Decke streiften, wurde zu viel. Ich warf meinen Kopf zurück und starrte Colt an, während die atemberaubende Hitze mich überrollte. Dann schloss ich meine Augen, spannte meine Muskeln an und gab mich der sengenden Hitze hin, die Micah in mir weckte. Dieses Mal schrie ich nicht. Kein Geräusch drang aus meinem offen Mund.

„Wunderschön", hörte ich Colt murmeln und Micahs Finger gruben sich in meine Hüften. Er stieß ein letztes Mal in mich, knurrte und ich schwöre, ich fühlte die Hitze seines Spermas durch die Latexbarriere.

Sobald ich spürte, dass Micah sich herauszog, wurde ich umgedreht und herumgewirbelt als würde ich nichts wiegen. Ich öffnete meine Augen, um einen sehr begierigen Colt zu beobachten, der mich vor sich in Position brachte, eines meiner Beine über seinen Körper und an seine Hüfte legte, so dass er zwischen meinen gespreizten Schenkeln kniete. Er nahm seine Augen nicht von meiner Pussy, als er ein Kondom schnappte und es überzog.

„Bereit für den nächsten Orgasmus?", fragte er. Seine Hüften waren nach unten gekippt, sein Schwanz ragte zwischen seinen kräftigen Schenkeln und unter seinem Waschbrettbauch hervor.

Ich war empfindlich und gesättigt. „Zwei Orgasmen sind zweimal mehr als üblich für mich. Ich...ich weiß nicht, ob ich noch mehr Vergnügen aushalten kann."

Colt ließ sich nicht abhalten. „Sag nein, weil du nicht mehr willst, ansonsten werde ich dich kommen lassen, bis du ohnmächtig wirst."

Oh Gott.

Und mit seinem schelmischen Grinsen bewegte er meine Hüften so, dass ich seine Schenkel hochglitt und er mich direkt auf sich zog. Mein Rücken war vom Bett weggekrümmt und der Winkel war... „Oh. Mein. Gott."

Ich sah, wie Micah das, in ein Taschentuch gewickelte,

Kondom in den Mülleimer warf und zurück zum Bett kam. „Du wirst wieder kommen, Süße, oder Colts Gefühle werden verletzt sein. Das willst du doch nicht, oder?"

Ich schüttelte meinen Kopf, schaute hoch zu Colt, als er anfing, sein Tempo zu beschleunigen. Er fiel nach vorne, landete auf seiner Hand und ragte über mich. Schweiß sammelte sich an seiner Braue, die Sehnen an seinem Hals traten hervor. Eine Hand kam zwischen uns und er strich über meine Klitoris. So sanft, in völligem Kontrast zu der Art, in der er immer hemmungsloser wurde.

Ich keuchte. Die geringste Berührung und ich war so nah. Woher wussten sie genau, was ich brauchte?

„Wie viele Male denkst du, dass ich dich mit meinem Schwanz tief in deiner Muschi zum Orgasmus bringen kann?"

Er formulierte es als Herausforderung und die Absicht in seinen Augen sowie die geschickte Berührung seiner Finger verrieten mir, dass ich sehr bald bewusstlos sein würde.

Aber er machte keine Wirbel oder Kreise auf meinem geschwollenen Fleisch. Nein. Er verengte seine Augen, stieß seine Hüften tief...und seine Finger zwickten.

Der scharfe Schmerzensbiss an meinem Kitzler verwandelte sich in den unglaublichsten Orgasmus meines Lebens. Eine Ganzkörpererfahrung. Meine Nippel schmerzten, meine Zehen krümmten sich, meine Haut erblühte mit Schweiß, mein Atem war in meinen Lungen gefangen. Farben blitzten hinter meinen Augenlidern. Ich war trunken. Leicht orgastisch, wie es schien. Ich musste nur oral befriedigt, dann von zwei Männern gefickt werden und ich würde wie ein Pornostar kommen.

Als ich aufhörte, mich auf dem Bett zu winden und Colts Namen zu schreien, sagte er: „Das war einer."

„Das waren drei", keuchte ich, überrascht, dass ich zu einer Zeit wie dieser immer noch zu irgendetwas Mathematischem fähig war.

„Oh, Süße", atmete er, beugte sich vor, um an meinem Hals

zu knabbern und mit der Nase an meinem Ohr zu reiben. Seine Hüften wurden langsamer, aber er hörte nicht auf. „Mein Mund auf dir war nur das Aufwärmen. Das Angießen der Pumpe so zu sagen."

„Und den Einen, den ich dir gegeben habe, wird mir angerechnet", erklärte Micah, eindeutig stolz darüber, dass er mich zum Höhepunkt gebracht hatte.

Ich schüttelte meinen Kopf, schaute zu den beiden hoch. „Es ist zu gut. Ich glaube nicht, dass ich das nochmal tun kann."

Micah streichelte meine Haare aus meinem Gesicht. Es war nicht mehr vom Regen nass, aber feucht von Schweiß.

„Du kannst und du wirst", befahl Micah. Ich hatte keine andere Wahl, als die Orgasmen zu nehmen, die sie mir geben würden.

Da begann sich Colt zu bewegen, fachkundig rollte und stieß er, drückte eines meiner Knie zurück zu meiner Brust. „Hier kommt Nummer zwei."

„Oh Gott." Meine Augen fielen zu, ich griff die Bettdecke und hielt mich für den wilden Ritt, der folgen würde, fest.

8

OLT

„WIE VIEL UHR IST ES?"

Laceys Stimme veranlasste mich dazu, mich umzudrehen.

Der Sturm hatte sich nach einer Stunde so schnell verzogen, wie er aufgekommen war. Als Folge dessen war alles nass, die Luft kälter und der Himmel kristallklar. Ich befand mich auf der offenen Grasfläche zwischen der Hütte und dem See und übte mit meinem Seil, genoss die Aussicht, die Stille.

Zur Hölle, ich genoss die anhaltenden Gefühle, die Frau unserer Träume gefickt zu haben. Als ich Lacey zu ihrem dritten Orgasmus getrieben hatte – mit meinem Schwanz tief in ihr – war ich mit ihr gegangen. Das Vergnügen war zu groß gewesen, um es noch aufhalten zu können und ich war mit einem Knurren gekommen, mein Geist war leer geworden und es stand außer Frage, dass ich für eine Minute oder so blind geworden war.

Lacey war perfekt. Im Bett. Es bestand kein Zweifel, dass wir drei eine intensive, fantastische Chemie teilten. Aber das war nicht alles, was wir für sie wollten. Sie war nicht irgendein

Buckle Bunny – eine Frau, die sich an erfolgreiche Cowboys ranmacht – auf irgendeinem Rodeo. Zur Hölle, sie war wie keine Frau, die wir jemals zuvor gehabt hatten. Aber wir kannten sie kaum. Das würde sich ändern.

Ich wollte alles wissen. Ihr Lieblingsessen, ob sie Gel- oder Pfefferminzzahnpasta mochte, wo sie aufgewachsen war, woher sie die Narbe auf der Innenseite ihres linken Knies hatte.

Wir hatten nur darauf gewartet, dass sie aufwachte. Als wir gesagt hatten, dass sie vor Vergnügen bewusstlos werden würde, hatten wir leicht übertrieben. Wir waren nur zwei Männer, die glaubten, dass ihr Können im Bett eine Frau bewusstlos machen könnte.

Mit Lacey hatten wir es getan. Ich hatte mich genug erholt, um mich aus ihr zu ziehen und mich um das Kondom zu kümmern. Zu dem Zeitpunkt, in dem ich vom Mülleimer zurückkehrte, war sie bereits eingeschlafen.

Und das war bis jetzt so geblieben.

Ich drehte mich und schaute zu ihr, wie sie auf der Veranda stand und nur mein Hemd trug. Heiliges Kanonenrohr, mein Penis wurde wieder hart.

„Ungefähr acht", schätzte ich. Um diese Zeit des Jahres blieb es fast bis zehn Uhr abends hell, aber die Sonne verschwand viel früher aus der Sicht.

„Ich habe lange geschlafen. Ich kämpfe immer noch mit dem Jet Lag. Es tut mir leid."

Ich wickelte das Seil in langen Schlaufen in meiner Hand auf und lief zu ihr. „Was tut dir leid?", fragte ich.

Sie zog ihre Haare aus ihrem Pferdeschwanz und es fiel über ihre Schultern, verknotet und wild. Als ob sie in einem Regenguss gewesen und wild gevögelt worden wäre. Mein Hemd hing lang über ihre Schenkel, aber zu wissen, dass sie nackt war, wie ihre Brüste darunter aussahen, ließ mich sofort steif werden.

Sie biss auf ihre Lippe, blickte um sich und hoch zum

Himmel. Dann zu mir. Auf meine nackte Brust. Ich hatte meine Jeans an, sonst nichts.

„Dass ihr auf mich warten musstet. Ich nehme an, dass ihr zurückgehen wollt."

Ich krümmte meinen Finger und sie lief barfuß die zwei Stufen hinunter und auf das feuchte Gras. Aus sechs Metern Entfernung konnte ich ihre pinken Zehennägel sehen, ihre muskulösen Waden, die Art, wie ihre Finger nervös an dem Saum meines Hemdes zupften.

„Das Wetter ist zwar besser, aber es ist spät. Wenn wir jetzt aufbrechen würden, würden wir nicht vor der Dunkelheit zur Ranch zurückkehren. Wir werden die Nacht hier verbringen."

„Werden sie sich keine Sorgen darüber machen, wo wir sind?", wollte sie wissen und biss sich auf die Lippe.

„Ich habe die Rezeption angerufen und sie wissen lassen, dass wir hier sind, dass es dir gut geht und auch, dass die Hütte belegt ist."

Sie runzelte die Stirn. „Du hast angerufen?"

„Es gibt hier keine Elektrizität oder Wasser, aber es gibt einen Netzempfang", erklärte ich. „Matt und Ethan – die Besitzer – haben das veranlasst, damit man überall auf dem Grundstück von Hawk's Landing Empfang hat. Alle Angestellten führen aus Sicherheitsgründen Handys mit sich, aber erzählen normalerweise den Gästen nichts davon"

„Wir verbringen die Nacht. Hier. Zusammen?" Das letzte Wort ertönte als ein Quieken.

Ich neigte meinen Kopf in Richtung der Hütte. „Micah und ich können draußen schlafen, wenn du möchtest, aber ich muss zugeben, dass ich lieber in diesem großen Bett mit dir wäre. Zwischen uns."

„Oh", murmelte sie.

„Du wirst rot." Nach dem, was wir getan hatten, war ich überrascht, dass ich sie damit schockiert hatte.

Sie schaute auf das aufgerollte Seil in meiner Hand, dann auf mich.

„Das bin einfach nicht ich. Wirklich. Ich schlafe...ich schlafe nicht mit jedem." Sie warf ihre Hände in die Luft. „Gott, ich habe nicht – habe früher nicht – mit Fremden geschlafen."

Nein, ich hatte nicht geglaubt, dass sie das jemals getan hatte. Sie war keine Jungfrau, aber sie benötigte zumindest eine Verbindung mit dem Mann – oder Männern – denen sie sich hingab. Vertrauen. „Nach dem, was wir getan haben, glaube ich nicht, dass wir Fremde sind, was meinst du?"

Sie stellte ihr Hüfte heraus und beugte ihr Knie, verlagerte ihr Gewicht. Meine Frage ließ sie noch mehr erröten. „Ich wollte ein wenig Spaß und er ist vorbei. Ihr habt bekommen, was ihr wolltet."

Ich hörte die Verteidigung in ihrem Ton. Reflex oder Vermeidung der Wahrheit? „Wenn ich nicht sehen könnte, dass du wegen dem, was wir getan haben, verlegen bist, würde ich dir das übel nehmen."

„Na ja, ihr habt es", konterte sie, ihre Hände gingen zu ihren Hüften. „Bekommen, was ihr wolltet, meine ich." Die Bewegung ließ mein Hemd ein oder zwei Zentimeter nach oben rutschen. Auf mich wirkte ihre Haltung eher liebenswert als streitlustig.

„Und du ebenfalls, wenn ich mich richtig erinnere. Was waren es, fünf Mal?" Ich konnte mich an jeden Einzelnen erinnern.

Sie schaute weg, überall hin, nur nicht zu mir.

„Es gibt keinen Grund, sich für das zu schämen, was wir getan haben. Was wir dich fühlen ließen."

„Ich bin nicht so", beteuerte sie, womit sie ihre früheren Worte wiederholte.

Ich nickte einmal. „Ich glaube dir. Und das ist eines der Dinge, die dich so attraktiv machen. Du hattest ein wenig Zeit zum Nachdenken und fragst dich jetzt, warum du Ja zu uns gesagt hast."

„Ja", stimmte sie zu, ließ ihre Hände fallen, ging zu der Verandabrüstung und schlang ihre Finger darum. Ich sehnte mich danach, zu ihr zu gehen, sie über die Brüstung zu beugen, zu beobachten, wie mein Hemd hochrutschte und sie dann zu ficken. Draußen im Freien, wo ihre Schreie von den Bergen wiederhallen würden.

„Zu zwei Männern", fügte ich hinzu. Ich sprach aus, was sie nicht würde, aber ich wollte, dass uns all ihre Sorgen bekannt waren. Dass jede Einzelne angesprochen und hinter uns gelassen wurde. Wenn sie Dreiern gegenüber nicht extrem aufgeschlossen war – und ich wusste, dass es nicht der Fall war, da sie zugegeben hatte, noch nie zuvor mit zwei Männern zusammen gewesen zu sein – oder in Bridgewater aufgewachsen war, würde dies ein Kampf für sie sein. 'Dies' meinte das Zusammensein mit uns beiden, Micah und mir. Dauerhaft.

„Ja", bestätigte sie, wobei ihre Stimme lauter wurde und ihre Hände in die Luft flogen.

Ich wollte mich ihr nähern, sie in meine Arme ziehen, aber ich fürchtete, dass sie dann wegrennen würde. Also stand ich still, meine Hände an den Seiten, das aufgerollte Seil locker in meiner Hand.

„Da ist etwas zwischen uns, Süße. Kannst du es nicht fühlen?"

„Wir haben eine Chemie." Sie zuckte die Achseln, als ob das, was zwischen uns war, nur Chemie wäre. Fuck nein. Es war so viel mehr als das. „Es ist für mich eine ganze Weile her gewesen. Ich bin im Urlaub und dies ist nur ein Liebesabenteuer. Du hast meine Schwester über den verdammten Telefonlautsprecher gehört, ich musste mal wieder flachgelegt werden."

„Ich werde dem Letzten zustimmen. Du musstest wirklich flachgelegt werden."

Ihre Lippen wurden schmal und ich hielt meine freie Hand hoch.

„Aber nicht einfach nur von irgendeinem Kerl. Nicht von irgendeinem Kerl auf deinem Flug, nicht von dem

Mietwagenvermieter. Nicht einmal von den Kerlen an der Rezeption. Du wolltest uns. Warum?" Ich hielt inne, aber antwortete für sie. „Weil du dich genauso zu uns hingezogen fühlst, wie wir von dir angezogen werden."

„Ich kenne euch nicht einmal", giftete sie zurück.

„Ich könnte sagen, dass ich weiß, wie du aussiehst, wenn du kommst oder die Farbe deiner Nippel kenne. Ich weiß, dass du eine Narbe auf der Innenseite deines Knies hast und ein kleines Muttermal auf deinem Innenschenkel. Ich weiß das genauso gut, wie du das Gefühl meines Schwanzes auf deiner Zunge kennst."

Ihre Wangen erröteten wieder, dieses Mal aus völlig anderen Gründen.

„Das reicht, ich bin weg von hier." Sie drehte sich auf dem Absatz um, aber bevor sie die zwei Stufen zur Veranda hochsteigen konnte, hatte ich das Seil, außer das Endstück, auf den Boden fallen lassen, es über meinem Kopf gedreht und mein Handgelenk geschwungen, wodurch es durch die Luft segelte und sich um sie wickelte. All diese Jahre, in denen ich in Wettbewerben mit dem Lasso Kälber gefangen hatte, zahlten sich endlich aus.

Sobald es sich um ihre Taille legte, zog ich, verengte die Schlaufe, aber nicht zu hart, damit sie nicht vornüberfallen würde.

Sie keuchte, wirbelte herum, aber ihre Arme waren an ihre Seite geheftet. Sie zappelte nicht so sehr wie ein Kalb, aber sie war genauso wütend darüber, dass sie mit einem Lasso gefangen worden war. „Colt!"

Ich holte sie zu mir, indem ich mit einer Hand nach der anderen an dem Seil zog, während ich auf sie zulief, bis sie vor mir stand. „Lass mich gehen."

„Versuchst du wegzulaufen?", rief Micah, als er um die Seite der Hütte kam. Da wir die Entscheidung getroffen hatten, die Nacht hier zu verbringen, hatte er sich um die Pferde gekümmert und sie in dem Anbau mit der kleinen Koppel untergebracht. Er trug eine der Satteltaschen mit sich, von der ich wusste, dass sie das Essen enthielt, das von der Küche der Gästeranch für Laceys Ausflug zubereitet worden war. Sie waren nie knauserig – und hatten zwei Gäste erwartet, nicht einen – also hegte ich keinerlei Zweifel, dass es genug für uns gab, bis wir morgen zurückkehrten. Wir würden nicht hungern. Wenn wir sie beruhigt und es ihr bequem gemacht hatten, wenn sie zufrieden damit war, die Nacht mit uns zu verbringen, dann war meine Sorge, ob wir genug Kondome dabeihatten.

Er legte die Tasche auf die Veranda, dann gesellte er sich zu mir, legte seine Hand auf ihre Schulter und glitt ihren Arm hinunter.

„Was ist los?", fragte er.

„Außer dass ich in einer Sauschlinge feststecke?" Sie wand sich wieder, aber das Seil war eng um ihre Ellbogen und drückte sie fest an ihre Taille.

„Das ist keine Sauschlinge. Vertrau mir, Süße, die sind kein Spaß. Dies? Das ist einfach nur ein Weg, um dich an einem Ort festzuhalten, damit ich beenden kann, was ich gerade sagte."

Sie schnaubte und stampfte mit ihrem nackten Fuß auf das weiche Gras.

„Was hattest du gerade gesagt?", fragte Micah.

„Dass ich, auch wenn ich nicht alles über sie weiß, zumindest ein wenig weiß."

„Wie zum Beispiel, wie sehr ihr versautes Gerede gefällt?"

Ihre Wangen färbten sich rot und Micah grinste bei dem Anblick.

„Das, aber ich wollte auch gerade sagen, dass ich alles über sie wissen möchte. Ich wollte die Nacht damit verbringen, mehr zu lernen. Außerhalb des Betts. Dann hoffentlich im Bett."

„Warum? Ihr habt bekommen, was ihr wolltet", entgegnete sie und wiederholte sich dabei selbst. Sie streckte ihre Unterlippe raus und blies die Haare aus ihrem Gesicht. Da sie ihre Hände nicht verwenden konnte, streckte ich meine Hand aus und steckte die Locke für sie zurück hinter ihr Ohr.

„Nicht einmal annähernd." Ihre Augen huschten bei meinem schärferen Tonfall zu meinen. Ich hatte sie körperlich eingeschränkt, aber es war an der Zeit, die Kontrolle zu übernehmen. „Wir wollen alles von dir."

Sie runzelte die Stirn, wurde regungslos. „Alles? Was soll das überhaupt bedeuten? Geld?"

Micah schüttelte seinen Kopf und ignorierte ihren lächerlichen Kommentar über Geld. „Wir wollen dich. Deinen Körper, dein Herz. Deine Seele." Ich hatte Micah noch nie diese Worte aussprechen hören. Sie waren zu wichtig, zu wertvoll, um sie einfach zu irgendjemandem zu sagen.

„Was?", fragte sie, wobei in ihrer Stimme ein Hauch Verwirrung lag.

„Wir hätten dich niemals gefickt, wenn wir nicht vorgehabt hätten, dich zur Unseren zu machen", fuhr er fort.

„Zur Hölle, wir haben dich in der Sekunde zur Unseren gemacht, in der wir uns in deiner süßen Muschi versenkt haben."

„Aber – "

Micah bedeckte ihren Mund zuerst mit seinen Fingern, lang genug, um sie zum Schweigen zu bringen, und dann küsste er sie.

Ich beobachtete, wie ihr angespannter Körper kraftlos wurde. Wohingegen das Seil sie an Ort und Stelle hielt, bewahrten Micahs Hände auf ihren Armen sie davor, auf den Boden zu fallen.

„Wir sind Bridgewater Männer, Lacey", erklärte Micah. „Weißt du, was das bedeutet?"

Ein tiefes V formte sich zwischen ihren Brauen. „Dass ihr hier aufgewachsen seid. Das habt ihr mir vorher erzählt."

„Das stimmt", bestätigte ich. „Aber in Bridgewater ist es Gang und Gebe, dass zwei Männer eine Frau heiraten."

Ihr Mund klappte auf und ich sah ihre geraden, weißen Zähne. „Das ist verrückt."

„Nein. Das ist Bridgewater. Die ursprünglichen Gründer aus dem späten 19. Jahrhundert folgten einem Brauch aus einem Land namens Mohamir. Ich habe gehört, dass sie dort mit der britischen Armee stationiert worden waren. Das Land gibt es nicht mehr, aber ihre Bräuche sind erhalten worden. Zwei Männer – "

„Manchmal drei", fügte Micah hinzu.

„ – heiraten eine Frau. Und es ist normalerweise Liebe auf den ersten Blick."

„Liebe – "

„Schh", sagte Micah und legte einen Finger über ihre Lippen. „Wir werden dieses Wort für den richtigen Zeitpunkt aufheben. Inzwischen sollst du einfach wissen, dass wir es in der Sekunde, in der wir dich sahen, wussten. Du bist die Eine für uns."

„Die meisten Männer in Bridgewater teilen sich eine Frau?", fragte sie.

„Matt und Ethan, die Besitzer von Hawk's Landing, sind mit Rachel verlobt. Sie haben sogar ein Baby zusammen."

Sie starrte auf meine Brust und ich konnte sagen, dass sie nachdachte, nicht glotzte. „Ich traf Matt, als ich ankam. Aber es war ja nicht so, als würde er ein Schild tragen, auf dem stand, dass er sich eine Verlobte teilt."

Ich stieß ein kleines Lachen aus.

„Ich habe dir doch erzählt, dass ich mit einer Helikopterfirma zusammenarbeite, die ein paar meiner Kunden ins Hinterland befördert", erinnerte Micah sie. „Sie wird von Rory und Cooper geführt. Sie haben gerade Ivy, ihre High-School Liebe, geheiratet."

„Ihr wollt mich heiraten?", fragte sie. Allerdings erst, nachdem Micah sie noch einmal geküsst hatte. Ihre Augen waren nicht länger zu Schlitzen verengt, aber ein wenig verschwommen. Ihr schienen Micahs Zuwendungen zu gefallen.

„Nicht heute", antwortete ich und strich mit einem Knöchel über ihre Wange. So verdammt weich. „Heute werden wir uns gegenseitig kennen lernen. Also, kein Wegrennen mehr. Diese Hütte gehört heute Nacht uns. Niemand sonst ist in der Nähe. Keine Ablenkungen."

„Hast du Hunger?", wollte Micah wissen, trat von ihr weg und hob die Tasche wieder hoch. Er stieg die Treppen hoch und ließ sich in einem der Adirondack Stühle nieder, bevor er begann das Essen herauszuholen und es auf den kleinen Tisch zu legen.

„Ja, aber ich scheine im Moment gefesselt zu sein", grummelte sie, während sie versuchte, sich aus dem Seil zu befreien und dann zu mir hochsah. „Wirst du mich gehen lassen?"

Ich lief einmal um sie herum, wickelte noch mehr Seil um sie. „Nein. Du wirst so bleiben."

„Ich kann mich nicht selbst füttern, wenn meine Arme an meine Seite gebunden sind!"

Ich hob sie in meine Arme, wie man es mit einer Braut in den Flitterwochen tut, lief vorsichtig, auf das zusätzliche Seil achtend, die Veranda hoch und ließ mich in dem leeren Stuhl mit Lacey auf dem Schoß nieder. Sie rutschte hin und her und es bestand kein Zweifel, dass sie meinen harten Schwanz spüren konnte.

Als sie sich nicht mehr bewegte und ihre großen Augen sich mir zuwandten, grinste ich. Ja, sie hatte ihn genau gespürt.

„Wir werden dich füttern, während wir reden", sagte Micah.

Die Mahlzeit umfasste Salami- und Schinkenscheiben, ein Stück harten Cheddar-Käse, Oliven, gemischte Nüsse, ein Leib französisches Brot, Kekse mit Schokoladenstückchen und eine Thermoskanne mit Eistee. Ich wusste, es gab noch mehr, aber Micah hatte Finger Food ausgesucht, so dass es einfacher war, unsere kleine Gefangene zu füttern.

Micah hielt eine Olive hoch. „Magst du die?"

Sie nickte und er legte sie an ihre Lippen. Sie nahm sie und leckte dabei seine Finger.

Micah knurrte und ich sah das Funkeln in Laceys Augen.

„Also, Süße. Erzähl uns von dir."

9

ACEY

„ICH KANN NICHT GLAUBEN, dass ihr mich heiraten wollt", sagte
ich, nachdem ich die würzige Olive geschluckt hatte. Ich war
hungrig. Ich hatte einen ziemlichen Appetit entwickelt. Ich
hatte seit dem Mittagessen nichts gegessen und hatte nicht nur
einen drei Stunden Ritt hinter mir, sondern auch noch einen
drei Stunden Sex Marathon.

Heiraten. Sie waren verrückt. Sie waren umwerfend,
dominant und richtige Alpha-Männer und dennoch wollten
sie mich heiraten? Welcher Mann sagte so etwas? Sie hatten
bekommen, was sie wollten. Einen guten Fick. Alles, was sie
tun mussten, war, mich zurück zu meiner Hütte auf Hawk's
Landing zu bringen und ich hätte ein Liebesabenteuer, an das
ich mich in absehbarer Zeit erinnern konnte. Aber nein.

Sie schienen eine Beziehung zu wollen. Eine ernsthafte
Beziehung mit einer Ehe als Endziel. Wow.

„Wie ich bereits sagte, nicht heute. Das ist eine große Sache
und wird auf Vertrauen und Freundschaft gebaut. So sehr",

erklärte Colt und schnappte sich ein Stück Käse, das Micah geschnitten hatte. Er knabberte daran. „Du hast einen Jet Lag erwähnt. Ich dachte, du kamst von LA."

Ich rutschte in seinen Armen umher, versuchte, meine Hände aus dem weichen Seil zu befreien. Es war eng, aber ich hatte trotzdem noch ein Gefühl in den Armen. „Kannst du mich gehen lassen?"

„Nein", erwiderte Colt grinsend. „Du siehst gut mit meinem Seil aus. Das muss ich vielleicht später noch einmal ausprobieren. Bist du jemals an ein Bett gefesselt und gevögelt worden?"

Mein Mund klappte bei diesem Gedanken auf. Meiner Pussy, die bereits ein wenig von ihren vorherigen gründlichen Zuwendungen schmerzte, schien ihr leidenschaftlicher Fokus auch jetzt zu gefallen. Ich war niemals zuvor angebunden worden, hatte nie wirklich gespielt. Es war einfach nur Sex gewesen, nichts zu Wildes oder Abenteuerliches. Definitiv nie fünf Orgasmen. Micah fütterte mir ein Stück Käse, dann schüttete er Eistee in kleine Plastikbecher. Er hielt einen für mich hoch, aber ich schüttelte meinen Kopf.

„Ähm...nein."

Micah trank selbst einen Schluck und stellte anschließend den Becher ab. „Colt ist ein Meister mit dem Seil."

„Ihr seid gegeneinander angetreten? Darin, wie man Frauen fesselt?"

Colt lachte und ich liebte dieses Geräusch. Während Micah noch all seine Kleider trug, hatte Colt kein Hemd an – da ich es trug – und der Anblick war, na ja, spektakulär. Auf dem Schoß eines heißen Cowboys zu sitzen, einem der ein sanfter Riese war, fühlte sich gut an. Er war warm, so warm wie ein Ofen. Ich konnte mir nur vorstellen, wie es sein würde, sich in einer kalten Winternacht im Bett an ihn zu kuscheln. Wer brauchte schon eine Decke?

Der Sturm hatte sich verzogen, während ich geschlafen hatte und der Himmel war klar. Die Luft roch feucht und frisch. Und Colts Hemd roch nach purer Männlichkeit. Ich hegte keine Zweifel, dass es mit Pheromonen bedeckt war, die mich ganz wild machten und erregten.

„Du bist die erste Frau, die ich jemals mit einem Lasso gefangen habe. Und hoffentlich, die letzte." Er rollte eine Salamischeibe auf und legte sie an meine Lippen. Ich biss die Hälfte ab und er fütterte sich den Rest.

Keiner von ihnen wollte irgendetwas von mir. Nein, sie wollten wahrscheinlich wieder meinen Körper, aber ich wusste, sie würden mich nicht nur benutzen. Nicht wenn ich fünf Orgasmen auf meinem Konto hatte und sie nur jeweils einen.

„Du hast einen Jet Lag erwähnt, Süße", erinnerte er mich wieder.

Er hatte zugehört.

„Ich war in Korea. Ich bin erst vor ein paar Tagen nach LA zurückgekommen, aber musste die Stadt verlassen."

„Ist etwas passiert?", fragte Micah und sein Blick wurde schärfer.

Ich zuckte mit den Schultern und blickte auf den See hinaus. Sie waren ehrlich mit mir, vielleicht zu ehrlich, und ich fühlte mich dazu verpflichtet, das Gleiche zu tun. „Da war ein Typ. Jeder dachte, wir würden miteinander ausgehen, aber das stimmte nicht wirklich." Micah fütterte mir eine gesalzene Mandel. „Ich kam Heim zu einer verrückten Party in meinem Haus und ihm im Bett, wo er eine Blondine fickte."

Die Körper beider Männer versteiften sich, als ob sie bereit wären, nach LA zu gehen und Chris zusammenzuschlagen.

„Ihr habt vor zwei Tagen Schluss gemacht?", fragte Micah.

Ich schüttelte meinen Kopf, da ich sicherstellen wollte, dass sie es verstanden. „Es ist an dem Tag passiert, ja. Aber wir waren nicht wirklich zusammen, also würde ich nicht sagen, dass wir Schluss gemacht haben."

„Deine Schwester sagte, dass du flachgelegt werden musst. Was sind wir, deine Trostpflaster?"

Ich verengte meine Augen. Wut durchströmte mich heiß und schnell und veranlasste mich dazu, meine Hände zu Fäusten zu ballen. „Ihr wart begierig darauf, mit mir ins Bett zu hüpfen, ohne das zu wissen. Warum seid ihr jetzt verärgert?", fragte ich Colt.

„Wir interessieren uns nicht für deine Vergangenheit oder mit wem du zusammen gewesen bist. Wir interessieren uns nur für deine Zukunft", erklärte Micah.

„Als wir dich vorher küssten, waren dies deine letzten ersten Küsse, Süße." Colt schien unnachgiebig zu sein. Auch wenn er aus eigener Erfahrung wusste, dass ich keine Jungfrau war, schien er sich wirklich zu wünschen, dass es zuvor keine anderen Männer in meinem Leben gegeben hätte.

„Du bist dir damit so sicher", erwiderte ich und musterte sein kantiges Gesicht. Ich wollte meine Hand ausstrecken, sein Kiefer streicheln und das Kratzen seiner Bartstoppeln spüren.

Colt grinste verschmitzt und es machte meine Nippel hart. Er war so verdammt selbstbewusst. „Ja, Ma'am."

Ich seufzte, erklärte das Ganze. „Ihr seid keine Trostpflaster. Ich habe nie mit Chris geschlafen. Jeder dachte, wir hätten, sogar dass wir heiraten würde. Aber es waren alles Lügen. Ich habe ihn nicht einmal gemocht." Ich spitzte meine Lippen. „Er ist ein Arschloch, der eine beliebige Frau in meinem Bett gevögelt hat. In meinem Haus. Ich toleriere so etwas nicht. Vielleicht tut ihr es ja, da ihr mich geteilt habt."

Colts Augen verengten sich und er hob mein Kinn mit seinen Fingern an. „Micah und ich teilen dich nicht. Du bist die Unsere. Was andere Kerle betrifft? Das wird nicht passieren. Wir mögen zwar eine Dreiergruppe sein, aber alles, was wir wollen, bist du."

Oh. Das war wirklich verdammt eindeutig.

„Du hast gesagt, dass jeder dachte, du wärst mit diesem Typ zusammen. Wer ist jeder? Deine Eltern?", fragte Micah.

Mein Vater spielte keine Rolle mehr, seit ich vier war. Er ließ sich scheiden und zog nach Alabama, um mit seiner

Sekretärin zusammen zu sein. Was meine Mutter betraf, sie kannte das Geschäft. Sie wusste, ich würde weder den Mist, den Chris tat, noch irgendetwas von dem, was die Boulevardzeitschriften schrieben, tolerieren. Sie hatte mich gut genug großgezogen, um kein Fußabstreifer für irgendeinen Mann zu sein. „Nein, die Medien. Na ja, die Boulevardzeitschriften."

„Boulevardzeitschriften? Warum zur Hölle behalten dich die Boulevardzeitschriften im Auge?", wollte Micah wissen.

„Ich habe euch gesagt, dass ich eine Schauspielerin bin. Ich spiele in einer Fernsehserie und die Boulevardzeitschriften drucken gerne Zeug über mich."

„Du warst wegen deiner Arbeit in Korea?"

Ich nickte. „Ich habe dort eine große Fangemeinschaft. Die Serie hat eine."

Beide waren still, während sie meine Worte aufnahmen.

„Was ist mit dir?", fragte ich Colt. „Du bist ein Meister im Lasso werfen. Was noch?"

Er schnappte ein paar Oliven und schob sie in seinen Mund. „Ich habe dir erzählt, dass ich meine eigene Ranch besitze. Es sind dreißig Morgen Land in dem hübschesten Tal, das du jemals sehen wirst."

Ich musste mich darüber wundern, da der Ort, an dem wir uns gerade aufhielten, wundervoll war. Ich konnte mir nur vorstellen, wie sein Grundstück dann aussah.

„Ich lebe in einer kleinen Hütte auf dem Grundstück und ich werde mit der Zeit ein Haus und Ställe bauen. Bis dahin bin ich der Vorarbeiter für Ethan und Matt."

„Und du?" Ich warf einen Blick zu Micah.

„Ich habe Business im College studiert, dann bin ich hierher zurückgekommen. Ich mag die weiten, offenen Flächen und teile sie gern mit anderen. Eine Abenteuerfirma schien passend zu sein. Bis jetzt läuft es sehr gut."

„Du hast eine Firma, die das volle Programm anbietet", kommentierte ich, während ich daran dachte, wie gut sie sich um mich gekümmert hatten – mit und ohne meine Klamotten.

Er lächelte und fuhr mit einem Finger über meine Nase. „Nur für dich. Und erinnre dich, wir haben deinen Ausflug abgesagt, also bist du nicht wirklich eine Kundin."

„Hast du genug bekommen?", fragte Colt.

„Essen?"

„Was hattest du im Sinn gehabt?", wollte er wissen.

Ich hob meine Augenbrauen. Dies war der Moment, in dem ich entscheiden konnte, wie der Rest der Nacht verlaufen würde. Ich könnte ihnen Nein sagen, dass ich nicht interessiert war und sie würden sich zurückhalten. Sogar draußen schlafen. Aber wir würden alle wissen, dass es eine Lüge war. Wie ich zuvor auf sie reagiert hatte, konnte nicht vorgetäuscht werden. So eine gute Schauspielerin war ich nicht.

Glaubte ich ihrem Wort, dass sie an mehr mit mir interessiert waren? Dass dies nicht nur ein kurzes Urlaubsliebesabenteuer war? Es war nicht so, als hätte ich vor ihnen von mehr gesprochen und als würden sie mich deswegen täuschen. Sie hatten das Thema aufgebracht. Es war eine sichere Sache. Sie hätten einfach sagen können, dass wir alle in dieser abgelegenen Hütte Spaß haben und dann zurück in Hawk's Landing, gut befriedigt, getrennter Wege gehen würden.

Aber das hatten sie nicht. Tatsächlich schienen sie wirklich mehr zu wollen. Aber andererseits hatte das Chris auch gewollt. Und ich hatte mich in der Vergangenheit schon bei anderen verbrannt, die verkündet hatten, was auch immer sie dachten, das ich hören wollte, nur damit sie etwas von mir bekommen würden. Aber jetzt? Ich saß auf dem Schoß eines Mannes, während ein anderer mich fütterte. Sie waren bereit für mehr Sex. Und sie würden ihn mir geben, ich musste das Wort nur aussprechen.

Ich war in Panik geraten, als ich aufgewacht war, mein Körper befriedigt und ein wenig wund von ihren

Zuwendungen. Das war so was von nicht ich. Aber ich hatte es getan und es genossen. Sie waren aufmerksam und nett gewesen, wild und sehr sexy. Sogar verspielt. Welche Frau bei klarem Verstand würde sich selbst mehr davon verweigern?

Nicht ich. Was auch immer der Morgen bringen würde, es war im Moment nicht von Bedeutung. Niemand wusste, dass ich auf Hawk's Landing war. Niemand wusste, dass ich mich in dieser entlegenen Hütte befand. Ich konnte ich selbst sein. Kein Schauspielern. Keine Täuschungen.

Ausnahmsweise konnte ich Lacey Leesworth sein und zwei Cowboys auf einen weiteren Ritt nehmen, als ob ich die Rodeo Königin wäre. Keines der Dinge, die die Boulevardzeitschriften über mich geschrieben hatten, hatte je gestimmt. Aber ich wollte etwas so Wildes und Verrücktes tun wie das, was die Zeitschriften erfunden hatten, und ich wollte, dass es wirklich wahr war. Ausnahmsweise.

„Lacey?", erkundigte sich Colt.

Ich neigte meinen Kopf nach unten, blickte Micah durch meine Wimpern an. „Ich bin diejenige, die gefesselt ist." Wenn ihnen der Blick keine Ideen gegeben hatte, dann hatte es meine Stimme auf jeden Fall.

„Du bist uns also auf Gedeih und Verderb ausgeliefert?", fragte Micah, wobei er eine helle Braue wölbte.

Ich biss auf meine Lippe. Nickte.

„Wir müssen es dich sagen hören, Süße. Erzähl uns, was du willst."

Ich schaute zwischen ihnen hin und her. „Euch." Hitze blitzte in ihren Blicken auf und ich fühlte Colts Schwanz an meiner Hüfte pulsieren. „Für heute Nacht."

Ich sagte nicht, dass ich mehr als das wollte. Ich konnte nicht. Noch nicht. Ich fühlte mehr für diese zwei Männer, als ich es je für jemanden getan hatte. Es war verrückt, diese sofortige Anziehung. Nein, es war mehr als Anziehung. Ich wollte sie wirklich kennen lernen, mit ihnen zusammen sein. Ich fühlte mich sicher. Ich fühlte mich begehrt. Geschätzt. Und nicht, weil ich Lacey Lee war. Es schien ihnen egal zu sein, dass ich berühmt war oder dass ich mehr Geld hatte, als ich mir jemals vorgestellt hatte. Sie wollten mich einfach nur mit Oliven füttern und mit mir vögeln.

„Wir werden mit heute Nacht anfangen", antwortete Colt. Er wollte eindeutig mehr, würde sich aber damit zufriedengeben. Vorerst. Ich stellte mir vor, dass sie am Morgen wieder sehr überzeugend sein würden. Und wenn überzeugend bedeutete, dass sie heiße und aufmerksame Liebhaber waren, dann hätte ich keine Chance.

10

ACEY

COLT SCHLANG einen Arm um meine Taille, hob mich hoch und trug mich zu der Verandabrüstung, beugte mich darüber. Er kniete auf die Holzdielen, zog an dem Seil und vergewisserte sich, dass es nach wie vor um meine Taille lag, aber den Rest des Seils nahm er und band ihn an die untere Stange. Jetzt waren nicht nur meine Arme an meine Seiten geheftet, sondern ich war auch noch sicher an die Brüstung gefesselt.

Micah trat von der Veranda und stellte sich vor mich. Er musste sich nur an der Taille ein wenig beugen, damit wir uns Aug in Aug gegenüberstanden. „Nicht zu eng?", fragte er.

Ich schüttelte meinen Kopf.

„Kannst du deine Finger bewegen?"

Ich versuchte und konnte es. Sie waren nicht taub. Colt schob seine Finger unter den Rand des Seils an meiner Taille, meinen Handgelenken und überprüfte es.

„Okay, Süße?", vergewisserte er sich. Er stand auf und beugte sich über mich. Ich fühlte die Hitze seiner Brust an meinem Rücken, sogar durch den weichen Stoff seines Hemdes.

Ich war gesichert – ich würde nirgendwo hingehen – aber fühlte mich nicht unwohl. „Ja."

„Willst du uns immer noch ausgeliefert sein?", forschte er nach, küsste meinen Nacken, zog am Ausschnitt des Hemdes und liebkoste meine Schulter. Einer der Druckknöpfe öffnete sich und gewährte ihm ein paar Zentimeter mehr Zugang. Micah griff unter mich, zog ein bisschen mehr an dem Hemd, so dass sich der Stoff teilte und meine Brüste freilagen. Dennoch beließ er das Material zwischen meinem Unterleib und der Holzbrüstung.

Ich fühlte, dass der Zipfel von Colts Hemd über meinen Rücken geworfen wurde, kurz bevor seine Hand auf meinen Hintern klatschte. Ich erschrak bei dem heißen Stechen seiner Hand. „Micah hat dir eine Frage gestellt, Süße." Die Sanftheit in seiner Stimme stand im krassen Gegensatz zu seiner Handlung.

„Ja, ich will euch immer noch auf Gedeih und Verderb ausgeliefert sein."

Sie konnten alles an mir sehen. Meine Brüste waren der kalten Luft ausgesetzt und ich wusste, dass auf meiner rechten Pobacke ein pinker Handabdruck prangen musste. Sie sahen jedoch nicht nur das, denn von seiner Position auf der Veranda konnte Colt auch kein einziger feuchter Zentimeter meiner Muschi entgehen. Ich war vornübergebeugt und komplett offen. Komplett verletzlich.

Ich war mir nicht sicher, wie Colt es merkte, aber seine nächsten Worte beruhigten mich. „Alles, was ich tun muss, ist, an dem Knoten an der Brüstung zu ziehen und du wirst frei sein. Sag einfach das Wort, Süße und wir werden dich gehen lassen. Hab keine Angst."

„Das stimmt", fügte Micah hinzu. „Gib nach und genieße. Sieh, wie zwei Männer dir Vergnügen bereiten können, wenn alles, was du tun musst, fühlen ist. Wir werden dich vielleicht ein wenig an deine Grenzen bringen – ich kann sehen, dass dir noch nie zuvor der Hintern versohlt wurde, aber es gefällt dir. Ich verspreche, du wirst zum Höhepunkt kommen."

Ich keuchte, als Colt meine Pussy umfasste, fühlte, wie feucht und begierig ich war. „Ihr gefällt es, gefesselt zu sein. Zu wissen, dass es nichts gibt, was sie tun kann, außer zu nehmen, was auch immer wir ihr geben."

Er glitt mit einem Finger in mich und ich stöhnte. Er schlug mir wieder auf den Hintern und ich zog mich um den einzelnen Finger herum zusammen. Wimmerte. Colt fluchte, während er meinen Hintern umfasste und das Brennen der Stelle linderte. „Ich werde über deine ganze blasse Haut kommen, wenn du weiterhin diese kleinen sexy Geräusche machst."

„Du warst noch nie zuvor gefesselt. Was sonst hast du noch nie getan?", wollte Micah wissen. Er sah mir in die Augen, sein Blick glühend und dennoch gefüllt mit etwas wie Belustigung. „Wurdest du von hinten gefickt?" Er musterte mich. „Hmm. Zwei Männer gleichzeitig?"

Ich errötete, obwohl ich bereits über eine Verandabrüstung gebeugt und vollständig entblößt war. „Ich dachte, das war es, was wir vorher getan haben."

Er grinste. „Du meinst, als du an Colts Schwanz gesaugt hast, während ich dich fickte?"

Ich nickte, meine Haare fielen über meine Schultern. Er strich sie für mich zurück. „Das ist ein Weg, uns zwei zu nehmen. Wie steht es damit, einen Schwanz in deiner Pussy, den anderen in deinem Hintern zu haben?"

Colts Finger fing an, sich rein und raus zu bewegen, mich langsam zu ficken. Wirklich, wirklich langsam, was mich auf Touren brachte und mich gleichzeitig stinksauer machte. Es sorgte auch dafür, dass mein Gehirn aussetzte.

In meinem – ? Mein Mund klappte auf. Oh ja, das Gleitgel Gespräch. Ich würde meine Schwester nicht nach ihren Kenntnissen über die Notwendigkeit von Gleitgel fragen, noch würde ich ihr irgendetwas von den Arten erzählen, in denen diese Männer beabsichtigten, es zu verwenden.

„Ähm...ich habe euch erzählt, dass ich zuvor nicht mit zwei Männern zusammen gewesen bin."

„Dann hast du hier noch nie zuvor gespielt?" Colt zog seinen Finger aus meiner Muschi, ließ ihn nach oben und über meinen Hintereingang gleiten. Ich schrie auf und meine Augen weiteten sich, als er diese sehr intime Stelle berührte. Micah beobachtete mich genau und ich sah, wie sich seine hellen Augen bei meiner erwachten Erkenntnis verdunkelten.

Es tat nicht weh. Tatsächlich berührte Colt mich kaum. Es fühlte sich sogar richtig gut an. Aber ich zog mich instinktiv zusammen, was nur dazu führte, dass ich mich leer fühlte und gefickt werden wollte. Ich sehnte mich nach ihren großen Schwänzen. Nicht in meinem Hintern – auf keinen Fall.

„Hast du das Gleitgel eingepackt, das deine Schwester erwähnt hat?", wollte Colt wissen, während er fortfuhr mit seinem Finger zu kreisen. Die Bewegung war einfach für ihn, da er glitschig von meinen Säften war.

Ich schloss meine Augen, biss auf meine Lippe, als Colt seine andere Hand nutzte – ich stellte mir vor, dass es seine andere Hand war, da ich keine Ahnung hatte, wie er so geschickt sein könnte – um meine Klitoris zu finden und anfing mit ihr zu spielen.

„Hast du?", wiederholte Micah und strich mit einem Knöchel über meinen Nippel.

Ich nickte und keuchte bei dem Gefühl auf. Mein Atem kam abgehackt, als ob ich einen Sprint rannte und nicht völlig unbeweglich blieb. Ich wusste nicht, worauf ich mich konzentrieren sollte. Meine Nippel richteten sich allein von der leichten Berührung auf, meine Klitoris schwoll an, meine Pussy fühlte sich vollständig ignoriert und mein Hintern, na ja, dessen Nervenenden sprühten und feuerten Funken. Ich würde kommen.

Ich wackelte meine Hüften und bewegte meine Füße – die

einzige Sache, die ich, so gefesselt wie ich war, tun konnte. Meine Finger ballten sich an meiner Seite zu Fäusten. „Ich werde – oh Gott!"

Ich kam. Hart. Wie in unglaublich hart, da sie nicht mehr taten, als mich zu liebkosen. An sehr speziellen Stellen.

Ich schrie auf. Ich konnte auf keinen Fall die Geräusche aufhalten, das einzige Ablassventil, das ich hatte, um meinen Höhepunkt auszuleben.

„Braves Mädchen", säuselte Micah in mein Ohr, küsste die Ohrmuschel, dann entlang meiner Wange. Ich hob meinen Kopf, so dass wir uns küssen konnten. Ich öffnete sofort meinen Mund, fand seine Zunge mit meiner. Ich brauchte mehr, war unersättlich und begierig.

Ich fühlte ein leichtes Ziehen, dann wie mich das Seil freigab. „Du warst lang genug gefesselt, Süße." Colts große Hände streichelten meine Arme hoch und runter und er nahm meine Hände, legte sie auf die Brüstung. „Das bedeutet nicht, dass wir wollen, dass du dich bewegst. Bleib genau hier", warnte er. Ich schätzte, er würde mir wieder den Hintern versohlen, wenn ich seine Forderung nicht befolgte.

Ich war zu erregt, zu begierig auf sie, um zu streiten und so blieb ich weiterhin über die Brüstung gebeugt. Micah entfernte sich und ich hörte seine Schritte auf den Stufen und in der Hütte. Er kam schnell zurück und ich hörte das Geräusch eines Plastikdeckels, der geöffnet wird, bevor ich das kalte Tröpfeln von Gleitgel spürte.

„Du wirst nicht passen", sagte ich, während ich mich hochstemmte und über meine Schulter blickte. Colt legte eine Hand auf die Mitte meines Rückens und drückte mich sanft runter.

Mit seiner anderen Hand begann er wieder mit meiner Rosette zu spielen, arbeitete das Gleitgel hinein. Er spritzte ein wenig mehr heraus, dann drückte er gegen mein unerprobtes Loch. „Heute Nacht werden hier keine Schwänze eindringen, Süße. Wir werden nur spielen. Dich dafür vorbereiten, wenn wir dich dort nehmen werden. Du wirst es lieben. Dann und jetzt."

Ich hatte die köstliche, dunkle Ahnung, dass er recht hatte. Sie hatten bis jetzt nichts getan, dass ich nicht geliebt hätte. Aber es war schwer, über diese Worte nachzudenken – wenn wir dich dort nehmen werden – weil es bedeutete, dass sie wirklich länger als nur heute Nacht wollten. Ich war nur für eine Woche in Montana, dann würde ich nach LA zurückkehren, zu dem Chaos, das mein Leben war. Zu den neuesten Lügen, die die Boulevardzeitschriften über mich verbreitet hatten.

„Oh, Süße. Wohin bist du gerade gegangen?"

„Was?", fragte ich.

Colt verpasste meinem Hintern einen spielerischen Klaps. „Deine Gedanken sind gerade irgendwohin gewandert. Verliere ich meinen Biss?"

Ich musste lachen und war beeindruckt, dass er es irgendwie bemerkt hatte. Ich fragte mich, ob er Gedanken lesen konnte, obwohl ich wahrscheinlich meine Finger um die Brüstung angespannt hatte oder so etwas. Er berührte meine Klitoris und meinen Hintern. Als er seinen Finger eine Spur härter nach vorne drückte, gab mein resistenter Muskel nach und er glitt bis zum Knöchel in mich. Glatt und hart, öffnete er kaum meinen Hintern. Das war genug. Wow.

„Nein. Ich bin zurück. Genau hier. Oh..."

„Gutes Mädel", lobte Colt.

Ich hörte das Geräusch einer Kondompackung, dann das Ratschen eines Reißverschlusses. „Hat dich Colt für mich vorbereitet?"

Meinen Kopf drehend, sah ich, dass Micah sein Hemd ausgezogen und seine Jeans geöffnet hatte, sein harter Schwanz war mit einem Kondom überzogen und bereit für mich. Die Haare auf seinem Kopf waren heller – als wären sie von all der Zeit in der Sonne gebleicht worden – als die auf seiner Brust.

Oh, ja. Ich war bereit für ihn. Alles, was ich tun konnte, war, zu nicken, während sich Colt entfernte und Micah hinter mich trat. Ich fühlte das Stupsen seines Penis an meinem Eingang, das kühle Tropfen von mehr Gleitgel. „Bereit?"

Sein Schwanz presste nach innen und so tat es auch sein Daumen an meinem Hintern. Ich ließ meinen Kopf auf meine Hände fallen, nickte.

Mein Kopf kam hoch und ich wölbte meinen Rücken, als er mich füllte. Beide Löcher. Behutsam, aber beharrlich. Niemand hatte dies zuvor mit mir getan.

Meine Muschi war so feucht, dass ich das Geräusch hören konnte. Aber Micahs Daumen? Heiliges Kanonenrohr. Ich hatte mich noch nie so voll gefühlt. Eine Hand packte meine Hüfte und er fing an sich zu bewegen. Meine Brüste schwangen und ich drückte mich zurück, wollte mehr.

„Das gefällt dir, nicht wahr? Stell dir vor, wie es mit meinem Schwanz in deinem Hintern sein wird anstatt mit meinem Daumen", sagte Micah. Seine Stimme war ein Knurren und ich wusste, es fiel ihm schwer, zu reden.

„Es ist so gut. Ich hatte das nie gewusst", keuchte ich, meine Finger waren weiß auf der Brüstung. „Mehr."

Dies war nicht süß oder zahm. Nein, dies war wild. Ungehemmt. So vollständig und absolut nicht ich. Oder was ich dachte, dass ich wäre. Bis jetzt.

Jetzt brach etwas in mir auf und ich glaubte nicht, dass ich jemals zurückgehen könnte.

Das Klatschen von Micahs Hüften gegen meinen Hintern kam schneller. Härter.

Colt kniete sich hin, lehnte sich gegen die Brüstung, streckte seine Hand aus und strich über meine Klitoris.

„Jetzt, Süße."

Ja, das war alles, was es brauchte. Nur das leichteste Streicheln seiner Finger.

Schweiß bedeckte meine Haut, als ich mich um Micahs Schwanz und Daumen zusammenzog und drückte. Sie hörten nicht auf, sich rein und raus zu bewegen, während ich kam.

„Zu viel. Zu gut", knurrte Micah und versenkte sich dann selbst tief in mir. Seine Finger würden blaue Flecken auf meiner Hüfte hinterlassen, da war ich mir sicher, aber es war mir egal.

Sie wollten mich so sehr, dass sie den Kopf verloren. Zu wissen, dass ich das verursachte, war machtvoll. Berauschend.

„Ich glaube nicht, dass ich jemals genug bekommen werde", keuchte Micah, als er sich vorsichtig herauszog.

Ich stand auf, fühlte mich benutzt, befriedigt sowie entspannt und ich konnte das Grinsen, das sich auf meinem Gesicht ausbreitete, nicht verhindern.

„Wofür ist dieser Blick, Süße?", fragte Colt.

Ich blickte nach oben, musterte ihn. Von seinem fast schwarzen Blick bis zu seinem zusammengepressten Kiefer, den breiten Schultern und runter zu seinem steifen Penis in seiner Jeans. „Euch. Es ist alles für euch."

Ich war nicht fertig. Ich fing gerade erst an. Diese zwei machten mich unersättlich. Wenn mir Spiele mit meinem Hintern gefielen – nein, ich liebte sie – dann musste es noch mehr zu entdecken geben. Und diese zwei machten es einfach und risikofrei, Spaß zu haben und zu erkunden. Mich selbst zu entdecken und was dies zwischen uns war.

„Du hattest deinen Willen, Cowboy. Jetzt bin ich dran." Ich wusste nicht, woher dieser freche Ton kam und das Grinsen auf Colts Gesicht verriet mir, dass es ihm gefiel.

Micah war nach drinnen gegangen, sehr wahrscheinlich, um das Kondom zu entsorgen und Colt und ich waren allein.

„Du willst das Kommando haben?", fragte er und hob eine Augenbraue.

„Das will ich." Ich drückte gegen seine Brust und er trat zurück. Wenn er es nicht hätte tun wollen, gab es keine Chance, dass ich in der Lage gewesen wäre, ihn zu bewegen. Er war zu groß. Zu stark.

Er ließ sich mit einem letzten Schubser in dem Adirondack Stuhl nieder, seine Hände legten sich auf die breiten

Armlehnen. Ich kletterte auf seinen Schoß, setzte mich rittlings auf seine Hüften. Während ich durch meine Wimpern zu ihm hochsah, sagte ich: „Ich habe gelernt ein Pferd zu reiten. Denkst du, ich kann einen Cowboy reiten?"

Meine Finger fummelten mit dem Knopf und dem Reißverschluss seiner Jeans und entdeckten schnell, dass dies alles war, was er anhatte. Sein Schwanz fiel praktisch in meine Hände. Micah kam zurück nach draußen. Er ließ ein Kondom auf die Armlehne fallen, dann ging er, um sich an die Brüstung zu lehnen und seine langen Beine auszustrecken. Er legte seine Hände auf jeder Seite von sich auf die Brüstung und machte es sich zum Beobachten bequem.

„Zieh es mir über", befahl Colt, wobei er mit seinem Kopf auf das Kondom nickte.

Mit einem Eifer, der mich überraschte, streifte ich das Kondom über seinen harten Schwanz, dann stemmte ich mich hoch auf meine Knie. Colts Hemd wurde nur noch von ein paar Knöpfen am unteren Teil zusammengehalten, aber meine Brüste waren immer noch entblößt. Es war fast wie ein Versteckspiel und schien eine Spur erotischer. Das Hemd des Mannes zu tragen, den ich gleich ficken würde, war absolut heiß.

Colt berührte mich nicht, sondern drückte nur seinen Kopf zurück in den Stuhl und beobachtete mich. Sein Penis war so groß, dass es leicht war, ihn über meine Pussy gleiten zu lassen und dann an meinem Eingang zu positionieren. Ich begegnete seinem Blick, hielt ihn, während ich mich senkte und anfing, ihn zu reiten.

Sein Kiefer spannte sich an, als ich meine Hüften kreiste und begann, mich schneller zu bewegen. Er beugte sich nach vorne, stürzte sich auf einen Nippel und nuckelte. Meine inneren Muskeln zogen sich zusammen, als er das tat.

Dieser neue Winkel drückte ihn so tief in mich und bot einen leichten Schmerzensstich, der fast die Grenze zu unangenehm erreichte.

„Dies, Süße", sagte Colt und sein Atem strich über meine feuchte Spitze. „Dies ist besonders. Was wir haben, fuck, es ist so gut."

„Ja", stimmte ich zu. Es war fast zu gut.

Ich würde wieder kommen, meine Klitoris rieb jedes Mal an ihm, wenn ich ihn tief in mir aufnahm.

„Du bist die Unsere Lacey." Micahs Worte kamen von hinter mir, aber ich war zu verloren in meinem Vergnügen, um sie zu verarbeiten.

Colts Hände landeten endlich auf meinen Hüften und halfen mir, ihn zu reiten, bis wir kamen. Unsere Schreie vermischten sich, bis ich auf seiner harten Brust zusammenbrach und seinem unregelmäßigen Herzschlag lauschte. Ich wusste, er passte zu meinem.

Dies mochte eine Sexorgie gewesen sein, aber Colt hatte recht. Dies war besonders. Ich wusste nur nicht, was ich deswegen tun sollte.

 ICAH

„DAS IST ES ALSO", sagte Lacey, nachdem ich ihr von ihrem Pferd geholfen hatte. Wir waren vor ihrer Hütte zurück in Hawk's Landing und sie zappelte herum und schaute überall hin nur nicht zu uns. Es war fast Nachmittag. Sie hatte einen Teil des Morgens verschlafen. Ich war daran gewöhnt, früh aufzustehen, aber es hatte mich nicht gestört, im Bett zu liegen und sie beim Schlafen zu beobachten. Erst als sie aufwachte, eroberten wir sie wieder. Ja, eroberten.

Sie mochte vielleicht nicht genauso über das gedacht haben, was wir getan hatten, aber für mich bestand diesbezüglich keine Frage. Wir waren in der Nacht zuvor spielerisch und wild gewesen, heute Morgen hingegen waren wir sanft mit ihr, langsam, entlockten ihr Orgasmus nach Orgasmus, bevor wir sie zum See hinaustrugen.

Deswegen trafen uns ihre Worte wie ein Schlag. Sie dachte, wir wären fertig.

„Es?", fragte ich und blickte zu Colt. Seine Augen lagen im

Schatten seines Hutes, aber ich konnte sehen, wie sich sein Kiefer anspannte. Er war nicht zufrieden, dass sie das, was wir miteinander geteilt hatten, so einfach ziehen lassen konnte.

Oder war es nur ein Verteidigungsmechanismus? Sagte sie als Erste, dass es vorbei war, um uns davon abzuhalten, es zu tun? Wir hegten keine Absichten das zu tun und es war unsere Aufgabe, ihr den Kopf zurechtzurücken.

„Unser Liebesabenteuer."

„Liebesabenteuer?", wiederholte Colt fragend, trat zu ihr, nahm ihr Kinn und hob ihren Kopf hoch, so dass sie uns beide ansehen musste. Wir standen vor ihr. Nah, aber nicht zu nah. Während die Leute in Bridgewater kein Problem mit einem Dreier hatten, so waren die Gäste von Hawk's Landing nicht aus dieser Gegend. Wie Lacey kannten sie unsere Bräuche nicht. Auch wenn sich keiner für unsere Beziehung schämte, stellte sie auch niemand offen zur Schau. Ich schämte mich nicht für das, was ich für Lacey fühlte, was ich mit meinem besten Freund teilen würde, aber es war offensichtlich, dass Lacey diesen Punkt noch nicht erreicht hatte.

„Dies ist kein Liebesabenteuer, Süße. Geh und mach dich sauber und wir werden in einer Stunde zurück sein, um dich zum Mittagessen abzuholen. Ich glaube, es gibt ein Barbecue auf dem südlichen Feld."

„Wartet." Sie hielt eine Hand hoch. „Ihr meint das ernst, oder?"

„Das Barbecue? Zur Hölle, ja. Der Koch ist berühmt für seine Rinderbrust."

Sie verdrehte ihre Augen. „Nicht das Barbecue. Uns."

„Haben wir auch nur einmal etwas anderes behauptet?", fragte ich. „Wir meinen es so ernst, wie es zwei Männer nur tun können."

Sie schüttelte ihren Kopf. „Aber...es ist eine Sache für uns, zusammen in einer Berghütte zu sein – "

„Und auf der Veranda", unterbrach sie Colt.

„Und im See", fügte ich hinzu, wobei mein Schwanz steif

wurde. „Ich habe dich warmgehalten, während ich dich in diesem klaren Wasser gefickt habe."

Ich grinste, weil sie so hübsch errötete. Ja, es war so gut gewesen. Sie hatte ihre Beine um meine Taille geschlungen, während ich sie füllte. Das Wasser stammte aus den Bergen und war sehr kalt, aber ich hatte sie warmgehalten. Ich hatte gesehen, dass Colt an der Verandabrüstung gelehnt und uns beobachtet hatte.

„Das ist genau das. Ich kann nicht...kann das hier nicht mit euch tun. Hier sind Menschen in der Nähe." Sie blickte nach links und rechts, aber konnte nicht wirklich an uns vorbeischauen. Wir blockierten ihren Blick auf den Rest der Ranch, obwohl es nicht viel mehr zu sehen gab, da ihre Hütte weit entfernt von all den anderen lag. Sie war perfekt für Flitterwochen oder für zwei Männer, die an einer bestimmten Dame interessiert waren.

„Wir sind Gentleman", erinnerte ich sie, als ich eine Hand auf ihre Schulter legte. Sie trug dieselben Klamotten wie am Vortag, nicht Colts Hemd. Sie war perfekt, so wie sie war, besonders da ich wusste, dass sie ganz schmutzig von Colts und meinen Berührungen war. „Was wir mit dir machen, ist privat. Nur zwischen uns. Wir werden dich nicht auf den Buffettisch werfen und über dich herfallen."

Colt blickte zu mir und zog seinen Hut zurück über seine Stirn. „Nein, das werden wir später tun. Nach dem Picknick werden wir dich zu meiner Ranch bringen. Ich möchte, dass du sie siehst."

Er hatte auf unserem Rückweg über seine Ranch gesprochen, hatte seinen Zeitplan für die Beendigung des Haupthauses und der Ställe mitgeteilt sowie seine Pläne, Pferde zu trainieren – und die Idee, meine Geschäftsstelle dorthin zu verlegen. Sie war interessiert gewesen, da sie eindeutig sah, dass dies eine seiner Leidenschaften war. Sie war eine Karrierefrau, hatte ihre eigenen Träume und

Leidenschaften und folgte ihnen. Sie verstand, dass dies wichtig war, um ein erfülltes Leben führen zu können.

Sie schaute zwischen uns hin und her, debattierte mit sich selbst. Colt würde ihr Kinn nicht loslassen, bis sie eine Entscheidung traf. Die richtige Entscheidung, die „Ja" lautete.

„Also gut."

„Eine Stunde, Lacey", erinnerte ich sie.

„Wenn du zu spät bist, werden wir dich in die Hütte bringen und deinen süßen Hintern versohlen, bevor wir gehen."

Wir beließen es dabei – ihr Mund klappte auf und ihre Wangen erhitzten sich sogar noch mehr, als wir die Pferde zu den Ställen führten.

LACEY

ICH ZOG das Telefon von meinem Ohr, als meine Schwester schrie: „Oh mein Gott. Oh mein Gott. Oh mein Gott!"

Ich verdrehte meine Augen.

„Stopp!", stöhnte ich.

„Ich werde...ich verspreche es. Oh mein Gott."

Sie hatte das für die vergangene Minute endlos wiederholt. Ich hatte sie angerufen, um ihr alles zu erzählen. Na ja, fast alles. Ich konnte es nicht für mich behalten. Es war zu verrückt. Zu überwältigend.

„Waren sie gut?" Bevor ich antworten konnte, plapperte sie weiter. „Natürlich waren sie gut. Ich wette, sie hatten Monsterschwänze, nicht wahr?"

Ich dachte an Micah und Colt und ihre Penisse. Ja, sie konnten eindeutig der Klassifizierung Monstergröße zugeordnet werden.

„Okay, verrate mir die Details. Jedes einzelne."

Ich setzte mich auf den Bettrand. Diese Hütte war rustikal, aber hatte mehr Annehmlichkeiten als die im Hinterland. Die Hütte, an die ich mich wahrscheinlich für den Rest meines Lebens erinnern würde. Ein Bad zu haben – ein Klo und eine Dusche – war definitiv ein Vorteil. Aber ich war ganz allein. Irgendwie vermisste ich Colt und Micah. Es war erst zehn Minuten her, seit sie zu den Ställen geschlendert waren und ich in der Lage gewesen war, ihre perfekte Cowboy Rückseite anzugaffen.

„Es gab ein Gewitter", fing sie an. „Beginn damit. Lass nichts aus."

Ich musste lachen. Ausnahmsweise erlebte Ann Marie einmal etwas durch mich. Vor Jahren war sie ein wenig überwältigt von meinem Job und dem Ruhm gewesen. Aber sie hatte schnell gelernt, dass ein Star zu sein, nicht die Erwartungen erfüllte und fing an, mein sehr abgeschirmtes – und vollständig offen gelegtes – Leben zu verstehen. Und sie hatte Mr. Perfekt geheiratet. Groß, dunkel, gutaussehend...und reich. Gabe war alles, was eine Frau wollte, nicht dass Ann Marie eine Goldgräberin war. Aber er war wirklich bis über beide Ohren in meine Schwester verliebt und das war alles, was wichtig war. Ich würde meine Karriere und Vermögen für eine wahre Liebe wie ihre aufgeben.

Jetzt war sie an der Reihe, neidisch zu sein.

„Ich habe weniger als eine Stunde, um mich fertig zu machen, bevor sie zurückkommen."

„Sie kommen zurück?" Sie kreischte wieder. „Lacey, bedeutet das, dass sie mehr wollen? Es war nicht nur ein One-Night-Stand?"

„Sie wollen für immer."

Das brachte sie zum Verstummen. Die Leitung war komplett still und ich zog das Handy wieder von meinem Kopf, um mich zu vergewissern, dass die Verbindung nicht unterbrochen worden war.

„Es tut mir leid, was? Für immer? Wie in...langzeigt?"

„Ich bin mir ziemlich sicher, dass es das ist, was für immer bedeutet", antwortete ich. Ich zupfte an der hübschen Tagesdecke auf dem Bett.

„Ja, aber...du hast sie erst getroffen! Und ich lege die Betonung auf sie. Hattet ihr überhaupt Zeit zum Reden?"

Ich konnte nicht anders, als zu grinsen, obwohl sie es nicht sehen konnte. „Ja, wir haben geredet. Und was die „sie"-Sache betrifft, Bridgewater akzeptiert Mehrehen."

„Ehe? Du meinst, sie wollen dich heiraten? Lacey, entweder bist du unglaublich im Bett oder diese Männer...was? Haben Liebe auf den ersten Blick erlebt?"

Ich fühlte mich ein bisschen verletzt bei ihren Worten, als wäre ich nicht eine lebenslange Verpflichtung wert.

„Ich habe es nicht so gemeint", fuhr sie fort, als ob sie meine Gefühle spürte. „Nicht das mit deinen wahnsinnigen Sexfähigkeiten, die, da bin ich mir sicher, fantastisch sind, aber natürlich würden sie sich sofort in dich verlieben. Du bist fabelhaft und wenn sie das in dir sehen, dann mag ich sie."

Ich dachte an Micah, seine gelassene Art, sein schnelles Lächeln. Dann Colt mit seiner ernsten Haltung, dennoch sanfter Berührung. War es möglich, dass es Liebe auf den ersten Blick war?

„Sie haben nie das „L"-Wort verwendet", erzählte ich ihr. „Aber es benutzt auch kein Mann das „F"-Wort, wenn er es nicht meint."

„Sie fluchen nicht?"

Es fühlte sich gut an, zu lachen. „Nein, nicht dieses „F"-Wort. Ich meinte „für immer". Kein Mann würde sagen, er wollte für immer, wenn er es nicht meinte. Ich meine, wenn sie weiterhin mit mir Sex hätten haben wollen, hätten sie einfach sagen können, dass wir für den Rest meines Urlaubs Spaß haben würden. Ein eindeutiges Enddatum. Aber nein. Sie haben sich diese Rückzugsmöglichkeit nicht gegeben."

„Wow."

„Ich war diejenige, die gesagt hat, dass ich nur eine Nacht wollte."

„Das hast du?", fragte sie. „Warte kurz." Ich hörte, wie sie ihre Hand über das Telefon hielt, ihre Stimme klang für eine Minute gedämpft. „Gabe sagt, er will sie treffen. Heirate sie nicht, bis er eine Hintergrundprüfung bei ihnen durchgeführt hat."

Ich stand auf, ging zu dem Fenster und sah hinaus auf den Bach. Er floss ein weniger höher als am Vortag, aber der Sturm hatte auch eine Menge Regen mit sich gebracht.

„Er ist derjenige, der mit dir durchgebrannt ist", erinnerte ich sie. „Er mag zwar eine Hightech-Firma leiten, aber er wird Colt und Micah nicht überprüfen."

„Colt und Micah", wiederholte sie, aber ich wusste, sie erzählte es Gabe. „Sie hat ihre letzten Namen nicht erwähnt. Nein, sie wird mich umbringen. Ja, sie arbeiten für die Gästeranch."

„Ann Marie", stöhnte ich.

„Lass ihn sein Ding machen. Er ist jetzt dein Bruder und will dich auch beschützen", entgegnete sie, dann flüsterte sie. „Gut, er ist jetzt gegangen, um Golf zu spielen. Jetzt erzähl mir vom Sex."

Mit ihr zu reden, war als hätte man ein schlimmes Schleudertrauma.

„Wundervoll."

„Ich erzähl dir von meinem Sexleben", grummelte sie, als ich nicht mehr sagte.

„Nein, das tust du nicht. Und bitte, fang jetzt nicht damit an." Ich liebte Gabe, aber ich wollte nichts darüber wissen, was er und meine Schwester zusammen machten. Es war eine Sache gewesen, als wir jünger waren und mit einem Haufen verschiedener Kerle ausgegangen waren, aber ich musste Gabe für den Rest meines Lebens gegenübertreten können.

„Na schön. Aber du musst mir zumindest erzählen, wie es ist, mit zwei Männern gleichzeitig zusammen zu sein. Es passiert nicht jeden Tag, dass eine Frau zwei Cowboys bekommt."

Ich ging ins Bad, stellte mich vor das Waschbecken und betrachtete mich selbst im Spiegel. Ich war ein wenig ungepflegt, meine Haare waren ein wilder Wirrwarr. Zuerst war es im Gewitter nass geworden, dann war es getrocknet, während ich schlief, dann eine Nacht voller Sex, dann ein sexy Bad im See. Mein Hairstylist würde umkippen, aber ich musste grinsen. Ich hatte Ich-bin-gerade-gut-gefickt-Worden Haare.

„Ich hatte nicht zwei zur gleichen Zeit", gab ich zu.

„Du meinst – " Sie räusperte sich. „Du hast das Gleitgel nicht verwendet?"

Ich erinnerte mich daran, wie ich über die Verandabrüstung gebeugt worden war, das Tropfen des Gleitgels und das Spiel von Colts Fingern. Micahs Daumen, während er mich fickte.

„Wir haben das Gleitgel verwendet, aber nicht für das, woran du denkst. Zumindest noch nicht. Sie sagten, dass ich zuerst vorbereitet werden muss. Es war nur Spielen."

„Oh mein Gott." Sie wiederholte es einige weitere Male. Wir waren also wieder an diesem Punkt angelangt. Ich seufzte, aber es fühlte sich gut an, dass sie damit einverstanden war, was ich getan hatte. Ich sollte keine Bestätigung nötig haben, aber ein Mädchen brauchte manchmal seine Schwester.

„Du weißt, was das bedeutet?", fragte sie, als sie sich wieder im Griff hatte.

„Dass Analsex in meiner Zukunft liegt?"

„Das auch, aber es bedeutet für immer."

Ich setzte mich auf den Rand der Badewanne mit den Klauenfüßen. „Wieso bedeutet Gleitgel für immer? Sie könnten auch einfach nur zu zweit über mich herfallen wollen, um eine weitere Kerbe in ihren Bettpfosten zu machen."

„Stimmt, aber nicht diese zwei. Sie sind keine Schürzenjäger. Sie sind grundehrliche, echte, ehrenwerte Cowboys."

„Die gerne vögeln", fügte ich hinzu, „jede Menge."

„Sogar noch besser. Du hast mir erzählt, was sie wollen. Wie fühlst du über sie?"

Ich stand auf, klemmte das Handy zwischen meine Wange und Schulter und zog meine Socken sowie Jeans aus. Ich musste hier Multitasking betreiben, wenn ich mich für Micah und Colt in dem einstündigen Zeitfenster, das sie mir gegeben hatte, fertig machen wollte. Die Vorstellung, den Hintern versohlt zu bekommen, ließ meine Nippel hart werden, aber ich brauchte eine Verschnaufpause. Ich war ein wenig wund. Es war allerdings ihre Intensität, die in mir den Wunsch weckte, eine kleine Pause von den sexy Zeiten zu machen. Ich musste herausfinden, was ich von ihnen wollte. Ann Maries Frage kam zum richtigen Zeitpunkt.

Wie fühlte ich über sie?

„Ich weiß nicht sehr viel über sie. Micah leitet eine Outdoor-Abenteuerfirma und Colt, obwohl er hier für Hawk's Landing arbeitet, hat Land, auf dem er seine eigene Ranch aufbauen möchte."

„Familie?"

„Du meinst, ob sie verheiratet sind?", fragte ich nach.

Sie seufzte. „Nein. Ich meine, Eltern, Geschwister."

„Ein Paar lebt hier, die anderen sind nach Arizona gezogen. Sie sind noch immer verheiratet, von dem zu schließen, was sie erzählt haben."

„Also haben sie Jobs und leben nicht im Keller ihrer Eltern. Sie haben dich in einem gefährlichen Gewitter beschützt und dich letzte Nacht warmgehalten."

„Ich weiß nicht, ob sie eine Essensallergie haben oder ob sie den Klodeckel offenstehen lassen. Ich habe keine Ahnung, ob sie eine Spielsucht haben oder ob einer von ihnen ein Haus voller Papageien hat."

„Papageien?"

„Du weißt, was ich meine. Ich weiß nichts über sie."

„Während ich zwar wusste, dass Gabe keine tropischen

Vögel in seinem Haus hat, so war mir nicht bewusst, dass er O-Saft aus der Packung trinkt, bis wir verlobt waren und ich hatte nicht einmal realisiert, dass er seine Eier rasierte, bis ich ihn vor zwei Tagen in der Dusche dabei ertappte."

Ich hob gerade mein T-Shirt über meinen Kopf, als sie das Letzte sagte, und ich stoppte, da ich mir schrecklicherweise ausmalte, wie Gabe seine Eier rasiert, wodurch ich mich in dem T-Shirt verhedderte.

Als ich das Telefon wieder zurück an mein Ohr hielt, musste ich schreien. „Ann Marie, ich habe es dir gesagt. Zu viele Informationen!"

„Tut mir leid, aber du verstehst, worauf ich hinauswill."

„Ich hatte das schon verstanden, ohne über Gabes Eier Bescheid zu wissen."

„Also wie fühlst du über sie? Deine Cowboys, nicht Gabes Eier."

Ich blickte nach unten, sah den Knutschfleck auf der Oberseite meiner rechten Brust. Ich konnte mich nicht genau erinnern, wann ich ihn bekommen hatte, aber ich erinnerte mich an die sehr ernste, sehr gründliche Aufmerksamkeit, die Micah meinen Brüsten geschenkt hatte.

„Ich mag sie. Sie mögen mich. Mein wahres Ich. Sie wissen, was ich tue, ich habe es ihnen erzählt, aber sie wissen nichts über die Serie und es schien ihnen auch egal zu sein, dass ich berühmt bin."

„Schatz, so wie es sich anhört, hättest du ihnen erzählen können, dass du eine Papageienzüchterin bist und es wäre ihnen egal gewesen."

„Das ist genau mein Punkt. Sie wollen mit mir zusammen sein. Es war das erste Mal seit...na ja, seit Ewigkeiten, dass ich nicht aufmerksam sein musste. Ich musste nichts vortäuschen oder schauspielern. Und sie sind überhaupt nicht wie die Kerle, die ich in LA kenne. Sie sind echt. Ehrlich. Es ist...einfach."

„Das ist der Punkt, an dem du weißt, dass es das Wahre ist."

„Was? Einfach?"

„Ja. Das ist er." Ihre Stimme hatte sich von der der kreischenden Verrückten zu der der mitfühlenden Schwester verändert. „Jetzt was?"

„Jetzt werde ich mich beeilen zu duschen und dann mit ihnen zu einem Barbecue gehen."

„Okay, ich werde dich gehen lassen, aber ich will mehr über dieses Bridgewater Ding hören. Ich werde Gabe das Ganze nachschauen lassen."

Ich stöhnte, dann lachte ich. „Ich werde später mit dir reden."

„Hab Spaß – benutz Kondome!"

Ich legte auf, warf das Handy aufs Bett und lächelte. Ich konnte nicht anders. Ich hatte zwei Männer, die an mir interessiert waren. Nicht nur einen. Zwei. Es fühlte sich wirklich gut an. Nicht gut wie in Liebe, aber wundervoll. Ich würde mich einfach treiben lassen. Sehen, wohin dieses Ding führte. Schlimmstenfalls würde ich in ein paar Tagen mit den Erinnerungen an ein wunderbares Liebesabenteuer abreisen. Bestenfalls...na ja, das war noch immer nicht entschieden.

12

ICAH

„Du bist Jane Goodheart!"

„Oh mein Goooooott, ich bin in dich verliebt, seit dieser teuflische Mann, Ramos, dich gebissen und in einen Vampir verwandelt hat. Wo ist Kade?"

Wir hatten unsere Pferde bei den Kerlen, die in den Ställen arbeiteten, abgegeben und im Umkleideraum der Angestellten geduscht, bevor wir Lacey an ihrer Hütte abgeholt hatten. Hätten wir gewusst, dass sie bei dem Mittagessen im Freien einfach so angequatscht werden würde, hätten wir es vollständig gemieden.

Aber wir hatten keine Ahnung gehabt, wie berühmt sie wirklich war.

Als wir an ihre Tür geklopft hatten, war sie fertig und in ein hübsches Sommerkleid gekleidet gewesen. Es war sittsam geschnitten, aber mir konnten ihre köstlichen Kurven nicht entgehen. Mein Penis war bei ihrem Anblick hart geworden, da ich genau wusste, was sich unter dem Kleid verbarg, aber da es so konservativ war, war sichergestellt, dass niemand sonst es wissen würde.

„Ist das okay?", hatte sie gefragt und nach unten auf ihr Outfit geschaut.

„Für das Picknick? Ja. Damit wir unsere Hände von dir lassen? Es wird schwer werden", hatte Colt geantwortet, während er seinen Schwanz in seiner sauberen Jeans neu positionierte.

„Das ist nicht die einzige Sache", hatte sie grinsend entgegnet.

Colt umfasste ihre Taille und zog sie für einen Kuss an sich. Er stieß mit seinen Hüften gegen sie und ich wusste, sie fühlte ihn. „Verdammt richtig. Bist du dir sicher, dass wir nicht hierbleiben und unser eigenes Picknick haben können?" Colt beugte sich vor, murmelte in ihr Ohr. „Wir würden abwechselnd von dir essen."

Lacey leckte ihre Lippen und ich sah, die Lust in ihren Augen. Sie wusste, dass wir unseren Worten Taten folgen lassen würden, wenn sie Ja sagte. „Oh nein. Ich will etwas von diesem Barbecue. Ich habe ziemlichen Hunger bekommen." Sie drückte sich zwischen uns durch und lief die Stufen hinunter, als müsste sie so weit weg von einem Bett – und Privatsphäre – kommen wie möglich, um sicherzustellen, dass wir nicht zwischen ihre Schenkel gerieten.

Wir hatten es durch die Schlange am Buffet geschafft und hatten unsere Hände voll mit beladenen Tellern mit geräuchertem Fleisch, Salaten und geschnittenen Früchten sowie Besteck und Getränken. Aber ein Ehepaar blockierte unseren Weg zu einem der Picknicktische, die auf dem flachen Gelände hinter dem Haupthaus verteilt worden waren, und stoppte uns. Oder zumindest stoppten sie Lacey.

Sie waren in ihren Dreißigern und zeigten ein breites Lächeln und begierige Blicke. Der Mann trug Jeans und ein hellblaues Polohemd mit Sportschuhen. Die Frau hatte einen schwarzen Rock und ein weißes Top mit Cowboy Stiefeln an.

Aufgrund ihres Südstaatenakzents musste ich davon ausgehen, dass ihre Schuhe brandneu waren.

Die Frau, die ungefähr einen Meter fünfzig groß war, stieß Colt aus dem Weg, wodurch Limonade über den Rand seines Bechers spritzte und über seine Hand tropfte. Lacey trat einen Schritt zurück und prallte gegen mich. Ihr Pferdeschwanz strich über meinen Teller, bevor ich ihn aus dem Weg ziehen konnte und sie hatte Kartoffelsalat an den Haarspitzen hängen.

„Oh ähm...Danke", murmelte Lacey. Für eine Sekunde, als der Kerl sagte, sie wäre gebissen und in einen Vampir verwandelt worden, hatte mein Gehirn ausgesetzt. Ich dachte, der Typ wäre verrückt. Ihr Name war nicht Jane Goodheart. Sie mussten sie mit jemandem verwechselt haben, aber dann erinnerte ich mich daran, dass sie erzählt hatte, sie spiele in einer TV-Serie über Vampire mit.

Das Paar, das das breiteste, albernste Grinsen zeigte, sah sich um. „Wo ist Kade?"

Wer zum Henker war Kade? Ich beobachtete, wie Colt sein Essen auf den nächsten Tisch stellte, seine Hand an einer Serviette abwischte und uns aufmerksam beobachtete. Ich glaubte nicht, dass er das Paar zu Boden ringen würde, da sie Gäste der Ranch waren, aber sie waren viel zu aufdringlich Lacey gegenüber. Sie war nicht nur ebenfalls ein Gast, sondern sie war auch die Unsere. Wenn sie Schutz benötigte, sogar vor diesem Duo, würde Colt dazwischen gehen. Und ich würde das Gleich tun, Rinderbrust hin oder her.

„Kade ist nicht real. Er ist nur ein Charakter in der Serie", erklärte Lacey ihnen.

Ihre Gesichtsausdrücke fielen, als ob ihnen gerade erzählt worden wäre, dass der Weihnachtsmann nicht existierte.

„Ja, aber du bist Jane! Ich verstehe, dass du hier deinen Urlaub verbringst – ist dieser Ort nicht fantastisch? – aber Kade sollte bei dir sein."

„Ich bin nicht wirklich Jane", klärte Lacey sie auf.

Die Frau wedelte mit ihrer Hand, als ob sie ihr nicht

glaubte. „Was hast du mit deinen Haaren gemacht? Wir haben dich fast nicht erkannt?"

Ich war kein Experte, was Haarfrisuren von Frauen betraf, aber ihre Haare sahen, meiner Meinung nach, schön aus. Ich konnte keinen Unterschied zu vor einer Stunde feststellen.

Lacey hob ihre Hand an ihre Kopfseite, fuhr damit über ihren Pferdeschwanz und runzelte die Stirn, als sie die Stücke Kartoffelsalat fühlte. Die Frau streckte ihre Hand mit der Serviette aus, wischte das Essen weg und starrte es an. „Oh mein Gott! Das war auf Jane Goodheart. Wirst du es signieren? Ich werde es auf eBay für ungefähr hundert Dollar verkaufen können!"

Ich stellte mein Essen ab und trat – bildlich und buchstäblich – zwischen das Paar und Jane...Lacey. Sie waren absolut übertrieben. Drängten sich Lacey auf. „Lassen Sie sie ihre Mahlzeit einnehmen", verlangte ich.

Das Paar wollte nichts davon hören. „Es ist Jane, alle zusammen!"

Die Leute starrten wegen der Szene, die das Paar verursachte. Ich hörte einiges Gemurmel darüber, dass Lacey erkannt wurde, aber sie schienen sich nicht wirklich für sie zu interessieren. Immerhin ein paar Leute kannten Grenzen.

„Wenn ich etwas für Sie signiere, werden Sie mich dann mein Mittagessen essen lassen?", fragte Lacey. Ich konnte den Hauch von Verärgerung in ihrer Stimme hören, aber ihr Gesichtsausdruck war zuckersüß. Ja, sie war eine gute Schauspielerin.

Ich war es nicht. Colt ebenfalls nicht, dem mörderischen Ausdruck auf seinem Gesicht nach zu schließen.

„Sicher, sicher", sagte der Ehemann, zog einen Stift aus seiner Bauchtasche um seine Taille. „Hier. Schreibe es für Sam und Belinda."

„Nein", widersprach Belinda und schaute zu Sam. „Wir sollten einfach nur das Autogramm nehmen, damit wir es verkaufen können. Es ist ja nicht so, als gäbe es einen anderen Sam und Belinda da draußen."

Sie zankten hin und her, so dass sich Lacey die Serviette und den Stift aus ihren Händen schnappte, zum nächsten Tisch ging und vorsichtig ihren Namen schrieb, um die Serviette nicht zu zerreißen. Dann nahm sie ihre eigene Serviette und schrieb ein zweites Autogramm.

Sie wirbelte herum. „Hier. Haben Sie einen schönen Urlaub."

Das Ehepaar hörte auf sich zu streiten und blickte zu Lacey. Sie nahmen die Servietten und den Stift. „Oh, Dankeschön!" Sie begannen darüber zu reden, dass sie ihre blonden Haare lieber mochten als die Haarfarbe, die sie jetzt hatte. Dunkel. Lacey lächelte nur, nahm ihr Essen und den Becher und lief weg. Colt folgte direkt hinter ihr, wobei er sich vergewisserte, dass es nicht noch mehr fanatische Fans unter den Ranch-Gästen gab. Ich trödelte hinterher und beobachtete, wie Belinda ihr Handy hob und ein paar Schnappschüsse machte. „Genug", schnauzte ich sie an, während ich ihren Blick auf Lacey blockierte.

Es war vielleicht der barsche Ton meiner Stimme oder die Arte, wie ich sie um mehrere Zentimeter überragte, die bewirkten, dass die Fröhlichkeit aus ihrem Gesicht wich und sie ihr Handy senkte.

„Hier auf Hawk's Landing akzeptieren wir nicht, dass anderer Gäste belästigt werden. Ich denke, dass Sie sehen können, dass sie mehr als großzügig mit ihrer Aufmerksamkeit in ihrem Urlaub war und es ist an der Zeit, dass Sie sie ihren Urlaub wieder genießen lassen."

„Aber sie ist ein Vampir! Sie sollte untertags nicht draußen sein."

Die Frau war völlig und absolut verrückt.

„Ich werde es ihr auf jeden Fall sagen", erwiderte ich und ließ sie hinter mir zurück, während ich mich zu Colt und Lacey durcharbeitete. Sie hatten sich allein an einem entfernten

Picknicktisch niedergelassen. Lacey saß so, dass sie dem Rest des Barbecues den Rücken zuwandte und sie nur das offene Feld und die Berge in der Ferne sehen konnte. Colt hatte die Gästegruppe im Blick und stellte sicher, dass sie nicht noch mehr Überraschungen erleben musste.

Ich setzte mich neben sie, wobei mein Schenkel an ihrem rieb. Colt beobachtete sie und aß nicht. Sein Hut lag auf dem Tisch neben seinem Teller. Lacey stocherte mit ihrer Gabel in ihrem Essen herum.

Ich beugte mich zu ihr, atmete ihren weichen Duft ein. „Geht es dir gut?"

Sie nickte.

„Als du gesagt hast, du wärst erfolgreich in einer TV-Serie, hatte ich wirklich kein bisschen an die Auswirkungen gedacht", gab ich zu.

Sie schaute zu mir. Der sorgenfreie Blick, den sie in der Hütte im Hinterland oder sogar vor zehn Minuten noch gehabt hatte, war verschwunden. „Ich habe eine Menge Fans."

„Das werden wir nicht tun, Süße", erklärte ihr Colt, dem ihre diplomatische Antwort nicht gefiel. „Du bist eine gute Schauspielerin, alles klar, versteckst deine wahren Gefühle, aber nicht mit uns."

„Willst du, dass ich mich aufrege und weine, weil meine Haare während meinem Urlaub angetatscht wurden? Willst du, dass ich das Ehepaar anschreie, weil es Kartoffelsalat auf einer Serviette verkaufen möchte, da er meine Haare berührt hat?" Sie schnappte sich ihren Pferdeschwanz und zog ihn über ihre Schulter, so dass sie die Spitzen anschauen und sich vergewissern konnte, dass dort kein Essen mehr hing.

„Das ist besser", antwortete Colt. „Ich liebe es zu wissen, wie du dich fühlst, sogar, wenn du wütend bist. Du kannst schreien und kreischen, so viel du willst, wenn wir dich zu meinem Grundstück gebracht haben. Alles klar?"

Sie nickte.

„Lass uns essen und dann von hier verschwinden."

Sie nahm ihre Gabel und machte sich über ihr Essen her. Glücklicherweise näherte sich niemand sonst. Ich warf einen Blick über meine Schulter und sah, dass ein Mitarbeiter in der üblichen Uniform aus Polohemd und Jeans zwischen uns und den anderen Tischen stand. Er blickte zu den Gästen und fungierte als Schild, bereit irgendwelche anderen Verrückten fernzuhalten. Einer der Barbecue Mitarbeiter musste die Konfrontation im Büro gemeldet haben.

„Nähern sich dir die ganze Zeit Leute auf diese Art?", fragte Colt. Er schnitt ein Stück von der Rinderbrust und stach es mit seiner Gabel auf.

„Ja, die ganze Zeit. Ich war nicht mehr in einem Lebensmittelgeschäft, seit ich ein Foto von mir online fand, wie ich eine Melone kaufte. Die Überschrift behauptete, ich würde mich entscheiden, welche Brustgröße ich haben wollte."

Ich blickte nach unten auf ihre Brüste, eine perfekte Handvoll versteckt unter ihrem Kleid. Sie waren von Natur aus so. Colt und ich wussten das mit Bestimmtheit. Und sie waren fantastisch. Geformt wie eine Träne, voll. Sie hatten wunderschön geschwungen, als sie über die Verandabrüstung gebeugt gefickt worden war.

Ich war wütend für sie und dass ihr so etwas passiert war, als ich sie noch nicht einmal gekannt hatte.

„Und deine Haare?", wollte Colt wissen.

„Sie sind blond seit dem Start der Serie vor vier Jahren. Der Charakter, Jane, hat helle Haare, also muss ich es so färben. Aber als ich meinen sozusagen Ex-Verlobten fickend in meinem Bett fand, bin ich irgendwie durchgedreht. Das ist der Grund, warum ich hierherkam. Um zu flüchten. Ich bin hier nicht einmal angemeldet, meine Schwester ist es. Ich übernahm ihre Reservierung. Als ich in Bozeman gelandet bin, veranlasste ich den Taxifahrer, mich zu einem Drogeriegeschäft zu bringen. Ich habe meine Haare gefärbt, nachdem ich hier angekommen bin."

„Sozusagen Ex-Verlobten?", wiederholte ich fragend.

„Ich habe euch gestern von ihm erzählt. Er ist ein Rock Star und meine PR-Leute haben uns zusammengebracht. Sie haben es so aussehen lassen, als würden wir miteinander ausgehen, um unsere Popularität zu steigern."

Colt blickte an uns vorbei, bevor er wieder zu Lacey sah. „Es scheint nicht so, als müsstest du noch berühmter werden."

Sie aß einen Happen Fleisch, nickte. „Stimmt. Es war mehr für Chris als mich. Er brauchte mehr Aufmerksamkeit und das war ich."

„Also haben sie dich benutzt."

Sie zuckte mit den Achseln. „Das ist die Branche."

„Dich dazu zwingen, einen Verlobten zu haben? Das übertreibt das Ganze."

„Die Medien erfanden das selbst. Wir sind nicht miteinander ausgegangen. Nicht wirklich. Wir sind nur gemeinsam mit einigen Leuten als Gruppe ausgegangen. Ich mag ihn nicht einmal. Das habe ich eigentlich nie."

Ich war mir nicht sicher, ob ich für sie wütend sein oder sie bemitleiden sollte. „Warum hast du nicht einfach Nein gesagt? Die Wahrheit gesagt und dein eigenes Ding gemacht?"

„Ich war zu beschäftigt mit meinem Job, um mich wirklich dafür zu interessieren. Ich achte nicht auf die Boulevardzeitschriften. Meine Schwester, Ann Marie, macht das, aber ich vermeide es, da alles nur Spekulationen und Anspielungen sind."

„Schick den Medien eine Nachricht. Oder rufe sie an."

„Sie werden es verdrehen", antwortete sie. „Auf jede mögliche Weise, um die Magazine zu verkaufen." Sie seufzte und pikste mit ihrer Gabel in ihr Maisbrot. „Ich arbeite fünfzehn Stunden am Tag, bis die Dreharbeiten abgeschlossen sind. Dann, wenn das vorbei ist, mache ich den Presse Quark. Das ist der Grund, warum ich in Asien war. Anstatt zu schreiben, dass sich unsere Beziehung abgekühlt hatte, behaupteten die Medien, dass wir uns verlobt hätten. Ich war wütend darüber, aber als ich herausfand, dass Chris eine Party geschmissen, mein Haus demoliert und eine Blondine gefickt hatte, hatte ich die Nase voll." Sie klang mehr wütend und verbittert als traurig und das war eine gute Sache. Sie war für ihre PR-Leute ein Fußabstreifer gewesen. Nein, kein Fußabstreifer. Eine Schachfigur und sie hatte es zugelassen. Es wirkte nicht so, als würde sie das noch länger geschehen lassen. Ich war froh darüber und wenn sie Hilfe bräuchte, um sich diesem Mistkerl entgegenzustellen, der sie so rücksichtslos ausgenutzt hatte, oder irgendjemand anderem, würden wir ihr den Rücken freihalten.

„Das ist der Grund, warum ich hier bin. Um wegzukommen. Um herauszufinden, was ich tun möchte."

Colt grunzte und nahm einen kräftigen Biss von seinem Maiskolben.

„Also bist du nicht länger erfunden-verlobt?", fragte ich.

„Ich habe keine Ahnung. Ich gehe nicht online und meine Schwester hat nichts erwähnt, als ich vor kurzem mit ihr geredet habe. Die Leute werden mindestens den Wechsel meiner Haarfarbe kommentieren."

„Ich kann mir dich nicht blond vorstellen", gab ich zu, streichelte mit der Hand über ihren Kopf und fühlte die seidigen Strähnen. Ich wusste, sie war von Natur aus braunhaarig. Der kleine Streifen Haare über ihrer Muschi hatte eine wundervolle dunkle Tönung.

„Ihr habt kein Fernsehen geschaut. Oder das Internet gesehen oder an einer Kasse im Supermarkt angestanden, um den Unterschied zu sehen. Oder irgendetwas von den anderen Dingen, die über mich gesagt wurden."

„So schlimm, hm?", wollte Colt wissen.

„So schlimm", wiederholte sie und nahm einen Happen von ihren Bohnen mit Speck.

„Du wirst bei mir bleiben", verkündete Colt.

„Uns", korrigierte ich ihn. „Entweder in meinem Haus in der Stadt oder in Colts Hütte auf seinem Grundstück.

Nirgendwo sonst. Deine Hütte ist nicht sicher mit diesen Verrückten auf der Ranch."

„Matt und Ethan werden für deine Privatsphäre sorgen", fügte Colt hinzu. „Aber ich würde mich besser fühlen, wenn wir auf dich aufpassen könnten."

„Ihr könnt mich nicht die ganze Zeit beschützen", entgegnete sie.

„Oh? Warum nicht? Das ist jetzt unsere Aufgabe", ergänzte ich. Sie war die Unsere und wir beschützten unsere Frau.

Ihr Mund klappte in offenkundiger Überraschung auf.

„Müsst ihr nicht arbeiten?", fragte sie, während sie zwischen uns hin und her blickte. Ich hatte erwartet, dass sie, nach meiner nicht so subtilen Äußerung, nach unseren Rollen in ihrem Leben fragen würde, aber sie vermied das Thema. Das war in Ordnung. Vorerst. Dies war nicht der Ort, um unser Gespräch nach mehr mit ihr fortzusetzen.

„Ich muss nicht", antwortete ich. „Meine nächste Gruppe kommt erst nächste Woche."

„Ich werde es so regeln, dass ich ein paar Tage frei nehmen kann", erklärte Colt. „Ich bin sicher, Matt und Ethan werden persönlichen Schutz für deinen restlichen Aufenthalt wollen. Mich."

„Uns", korrigierte ich wieder.

Sie legte ihre Gabel auf den Tisch, nahm einen Schluck ihrer Limonade. „Ihr wollt das wirklich tun? Ich kann einfach hier in meiner Hütte bleiben und lesen."

Auf keinen Fall. Ich schüttelte meinen Kopf. „Das ist dir gegenüber nicht fair."

Sie lachte, aber es war nicht, weil sie sich amüsierte. „Ich habe vor langer Zeit gelernt, dass das Leben nicht gerecht ist. Reich und berühmt bedeutet, dass mein Leben ein offenes Buch ist. Erinnert euch, diese Leute dachten, ich wäre Jane. Nicht Lacey."

„Bist du fertig?", fragte ich, während ich auf ihren Teller

und dann auf sie schaute. Ihre dunklen Augen begegneten meinen.

„Ja."

„Dann lass uns von hier verschwinden."

„Seid ihr euch sicher?", wollte sie wissen.

Colt streckte seine Hand über den Tisch und nahm ihre. „Süße, wir haben schon die ganze Zeit gesagt, dass wir dich wollen. Nur dich. Komm mit uns."

„Wage es ja nicht zu sagen, du hättest gedacht, dies wäre ein One-Night-Stand", fügte ich hinzu, da ich wusste, dies würde als nächstes kommen.

Sie schloss ihren Mund. Ja, ich hatte richtiggelegen.

„Wir wollen alles, Süße." Colt stand auf und setze seinen Hut auf. „Lasst uns gehen."

13

OLT

ERST ALS WIR an den Toren von Hawk's Landing vorbeirollten, fühlte ich mich, als könnte ich wieder atmen. Und ich war nicht derjenige, der von geistig labilen Südstaatlern gestalkt wurde. Ich war fassungslos gewesen, als die Frau ihre Hand ausgestreckt, den Kartoffelsalat von Laceys Haaren gewischt und die beschmutzte Serviette dann angepriesen hatte, als wäre sie das Turiner Grabtuch.

Ich musste diesen Irrsinn vergessen. Und wenn ich das musste, dann musste Lacey es wirklich vergessen. Sie war nach Montana gekommen, um eine Pause zu machen und wir würden sie ihr geben. Wir würden sie alles, außer uns, vergessen lassen.

Es gab eine Art, die ich kannte, um sie abzulenken.

„Höschen aus, Süße."

Sie saß im Truck zwischen uns. Obwohl wir sie zurück zu ihrer Hütte gebracht hatten, damit sie ein paar Klamotten in eine Tasche werfen konnte – dieses Mal für mehr als einen kurzen Pferderitt – hatte sie ihr hübsches Sommerkleid nicht ausgezogen.

„Was?", fragte sie und blickte zu mir hoch. Zwischen uns wirkte sie so klein. So verdammt perfekt. Ich wollte sie so für den Rest unseres Lebens – zwischen uns, während wir eine holprige Montana Nebenstraße entlangfuhren.

„Zieh es aus."

„Warum?"

„Weil ich will, dass du deine Zeit damit verbringst, dich zu fragen, wann wir dieses hübsche Kleid hochwerfen und dich ficken werden."

Ihre Wangen liefen rot an und ihr Blick wurde sanft.

„Oh."

Micahs Hand fand den Saum und schob ihn über ihr Knie, arbeitete ihn über ihren Schenkel, während sie ihre Hüften hob, den Fetzen Stoff nach unten und auszog. Ich nahm ihn von ihr und steckte ihn in meine Hemdtasche. „Jetzt zeig uns diese hinreißende Pussy, während wir fahren. Das ist es", fügte ich hinzu, während sie ihre Knie spreizte und das Kleid um ihre Taille zusammengerafft war. „Eine Million Mal besser als der Blick aus dem Fenster."

Als wir zu meinem Grundstück kamen, führte ich sie herum. Das große Haus befand sich noch im Bau. Ich hatte das Rahmenwerk vorerst ignoriert, als ich sie zum ersten Mal erblickt hatte. Jetzt, da ich sie hier vor dem Beginn des Hauses sah und ihr von meinen Plänen erzählte, wollte ich es so bald wie möglich fertig stellen.

„Ich baue es groß für eine Familie", erzählte ich ihr.

Micah war still und beobachtete sie. Von einer wilden gemeinsamen Nacht zu einem Gespräch über ein Haus, das ich baute – für sie, auch wenn ich sie da noch gar nicht gekannt hatte – zu einem Für Immer zu gehen, war ein großer Sprung. Besonders für eine Frau, die nicht aus Bridgewater stammte. Und eine Frau, die mit den Jahren von den Leuten benutzt worden war.

„Dein Grundstück ist wunderschön. Und du hast recht, es ist hübscher als jeder Ort, den ich jemals gesehen habe."

Daraufhin grinste ich. Ich fühlte mich…voll. Voller Stolz, voller Freude und seltsam genug, voller Liebe. Diese Frau, scheiße, diese Frau ließ mich fühlen, als gäbe es mehr im Leben als ein Stück Land und einen Traum. Sie war, worauf wir gewartet hatten, was uns gefehlt hatte. Hatte das Schicksal sie auf unseren Pfad gelenkt?

Ich zuckte mit den Achseln. Es war mir scheißegal, solange sie blieb.

„Ich wohne vorerst in dieser Hütte." Ich zeigte auf das kleinere Haus, das am Waldrand stand. Ich würde es behalten, wenn das große Haus gebaut war, vielleicht würde ich es als Gästehaus verwenden. „Lass mich dir das Innere zeigen."

Sie schaute mich von der Seite an „Ich weiß, was das bedeutet."

„Verdammt richtig. Nimmst du die Pille, Süße?", fragte ich.

Sie nickte, ihre Augen schlossen sich, weil Micah sie mit seinen Fingern berührte. Ich konnte es nicht sehen, da ihr Kleid über sein Handgelenk fiel, aber ich konnte es mir vorstellen. Ich stellte mir auch vor, dass sie feucht und bereit für uns war. Wieder.

„Braves Mädchen. Wir sind beide sauber, also diese Kondome, die du eingepackt hast? Wir werden sie nicht brauchen. Dieses Mal werden wir dich ungeschützt nehmen."

„Oh Gott", stöhnte sie.

„Wir werden dich füllen", murmelte Micah. „Wieder und wieder. Dich markieren. Du wirst keine Zweifel daran haben, dass du zu uns gehörst."

„Und das Gleitgel?", fügte ich hinzu. „Das werden wir verwenden. Und ich habe einen kleinen Analstöpsel, um dich für uns vorzubereiten."

„Das ist eine Menge Gerede", murmelte sie, während sie Micahs Unterarm packte.

Er knurrte, warf sie über seine Schulter und trug sie zur

Hütte. Er gab ihr auf dem Weg einen Klaps auf den Hintern. „Du denkst, dass wir zu viel reden? Ich werde dir etwas geben, um dich ruhig zu stellen."

Während der nächsten vierundzwanzig Stunden sagte sie nicht viel mehr als „mehr" und „bitte" und „Ja!"

LACEY

MEIN HANDY KLINGELTE, als ich mit Micah auf dem Sofa saß. Wir lagen wie zwei Löffel in einer Schublade und machten ein Nickerchen. Sie hatten mich die ganze Nacht wachgehalten, indem sie mich abwechselnd gevögelt hatten. Anstatt ihre Finger für ihr vergnügliches Spiel mit meinem Hintern zu verwenden, hatten sie einen silbernen Analstöpsel mit einem hellpinken Juwel am Griff hervorgezogen. Sie hatten damit in der Nacht experimentiert, ihn in mich gedrückt und mich dann gefickt, während ich ihn trug. Sie hatten ihn allerdings herausgezogen, als sie mich endlich schlafen ließen. Nein, als ich endlich aufgrund all der Orgasmen bewusstlos geworden war.

Aber heute Morgen hatten sie mich über das Sofa gebeugt und ihn wieder in mich gedrückt, wobei sie mir dieses Mal erzählten, dass ich ihn den ganzen Morgen tragen solle.

Ich wusste, was das bedeutete – außer, dass ich ein wenig seltsam lief. Sie hatten vor, mich gemeinsam zu ficken. Zur gleichen Zeit. Nicht, dass ich an einem von ihnen saugte, während mich der andere vögelte. Nein, ich würde zwischen ihnen sein, einer von ihnen in meiner Muschi, der andere in meinem Hintern.

Sie hatten gesagt, dies wäre die ultimative Eroberung, dass sie es nur tun würden, wenn ich zustimmte, dass ich die Ihre war.

Bis dahin gaben sie mir nicht eine Minute, in der ich nicht daran erinnert wurde, dass sie mich behalten wollten. Einer von ihnen war stets bei mir – bis auf die paar Minuten allein im Bad – berührte mich, umarmte mich, küsste mich. Hielt mich, wie es Micah gerade tat.

Es war ein ganzer Tag des Knutschens gewesen. Des Rummachens. Des Fickens.

Colt hatte sein Wort gehalten. Ich hatte alles außer ihnen vergessen. Oder was wir drei sein könnten. Ich fühlte mich sicher und beschützt. Sogar geliebt. Es gefiel mir und ich wollte, dass es einfach so weiterging.

Ich verstand es nicht, aber das musste ich auch nicht. Zumindest nicht genau jetzt. Ich war einfach ich selbst mit ihnen gewesen und ich wollte mehr.

Wollte ich ein für immer? Ich hatte keine Ahnung, aber die Vorstellung machte mir Hoffnung.

Dann brachte mein Handy alles zurück, erinnerte mich daran, dass es eine reale Welt gab und dass sie wartete. Ich ging, um es aus meiner Tasche zu ziehen.

„Lacey? Oh mein Gott, geht's dir gut?" Ann Maries Stimme dröhnte laut durch das Handy.

Micah setzte sich auf und legte seinen Arm über die Lehne des Sofas, während er mich beobachtete. Er trug kein Hemd, da ich es anhatte. Ich trug sein Hemd und sonst nichts – bis auf den Stöpsel.

„Ja, warum?"

„Du hast die Artikel nicht gesehen, oder?"

„Nein." Die ganze Ruhe wurde weggeschwemmt wie ein Bach während einer Sintflut. „Warum? Was sagen sie?"

„Schau, ich habe Hawk's Landing angerufen. Ich sprach mit den Besitzern. Sie wissen, dass du mit deinen heißen Cowboys zusammen bist. Einer von ihnen kommt zu dir."

„Meine Güte, Ann Marie, ist Mom in Ordnung?"

„Mom geht's gut. Du bist es, wegen der ich mir Sorgen mache."

„Mir geht es gut. Ich bin mit Colt und Micah zusammen gewesen." Sie war still. „Erzähl es mir."

Ich hörte, wie sie tief Luft holte. „Es gibt Fotos. Von dir."

Mein Herz sprang mir in die Kehle. Ann Marie hatte mir jahrelang die aktuellen Neuigkeiten der Boulevardzeitschriften erzählt, aber ich hatte sie nie so reden hören. Normalerweise lachte sie. Ein Alien-Baby, diese Art von Dingen. Aber dieses Mal? Hatte ich Angst.

Micah musterte mich genau.

„Es gibt Fotos von dir. In einem See. Mit einem Kerl."

Mein Mund klappte auf, als ich mich an das einzige Mal erinnerte, an dem ich in einem See gewesen war. Jemals. Und es war mit Micah gewesen. Nackt. Beim Vögeln.

„Das ist nicht alles", fuhr sie fort. „Es gibt noch ein anderes von dir. Ähm...Gott, das ist schlimm."

„Was?"

„Du bist über einen großen Felsen gebeugt und ein Kerl ist hinter dir. Ihr habt Sex."

Meine Finger wurden taub und ich fühlte, wie all das Blut aus meinem Gesicht wich. Micah stand auf, lief um das Sofa. Ich streckte eine Hand aus. Stoppte ihn.

„Das war...ähm gestern. Hier auf Colts Grundstück."

„Ja, es sieht aus, als hättest du Spaß gehabt", meinte sie, wobei ihre Stimme vor Sarkasmus tropfte. „Die Überschriften sind schrecklich. 'Das ist nicht Chris!' ist eine von ihnen. Eine andere ist 'Lacey fängt sich einen Cowboy' und wieder eine andere ist 'Vampirschlampe'."

„Oh mein Gott", flüsterte ich. „Wie – "

„Ich weiß nicht, wie die Foto geschossen wurden oder von wem. Aber Lacey, Schatz, du musst von dort verschwinden."

„Ja, okay." Meine Stimme klang hohl und so fühlte sich auch mein Herz an. Ich lief zum Bad und das Letzte, was ich sah, bevor ich die Tür schloss, war Micahs besorgter Blick.

Ich setzte mich auf den Badewannenrand und erinnerte mich an die euphorische Konversation, die ich mit ihr erst am

Vortag geführt hatte, während ich auf einer anderen Badewanne saß.

„Hör zu, Matt kommt, um dich abzuholen. Ich habe veranlasst, dass dich ein Flugzeug hierherbringt."

„Ich werde nicht nach Hawaii gehen."

„Lacey, ich bin zurück in LA. Wir sind deswegen früher abgereist. Ich wollte kommen, um dich abzuholen, aber Matt sagte, er würde sich um dich kümmern und dich nach Hause bringen."

Nach Hause. Wo zur Hölle war jetzt mein Zuhause? Mein Haus war von Chris demoliert worden. Ich wohnte dort selten und wenn ich es tat, war es leer. Kalt. Ich hatte gedacht, dass ich vielleicht Bridgewater zu meinem Zuhause machen könnte. Mit Micah und Colt.

„Oh Scheiße", flüsterte ich.

„Was?"

„Das erste Foto von dem See? Es war oben in den Bergen, als wir wegen dem Gewitter festsaßen. Niemand wusste, wo wir hingingen, niemand außer Micah und Colt."

„Willst du damit sagen, dass einer von ihnen das Foto gemacht hat?"

„Colt war auf der Veranda. Beobachtete uns. Er...er hatte ein Handy. Er hat mir erzählt, dass er die Rezeption angerufen hatte, um sie wissen zu lassen, wo wir waren, dass wir in Sicherheit waren und die Hütte benutzt wurde. Er hätte es schießen können."

Micah klopfte an die Tür. „Bist du in Ordnung, Lacey?"

Mein Herz setzte einen Schlag aus. „Ich spreche mit meiner Schwester!", rief ich zurück.

„Ich werde Colt holen", antwortete er.

Ich hörte seine schweren Schritte über den Holzboden und aus der Eingangstür gehen. Colt war zuvor rausgegangen, um an dem Rahmenwerk für das neue Haus zu arbeiten. Der Grundriss dafür war riesig und obwohl ich noch nie einen Bauplan gesehen hatte, wusste ich, dass es zwei Stockwerke

haben und der Großteil der Fenster auf die Berge blicken
würde, die fast nah genug waren, um die Hand auszustrecken
und sie zu berühren.

„Sie haben gesagt, dass sie dich für immer wollen",
erinnerte mich Ann Marie.

Ich versuchte zu schlucken, aber da war ein großer
Klumpen in meiner Kehle. Er tat weh, schmerzte und Tränen
brannten in meinen Augen, dann fielen sie.

„Ja, das haben sie." Ich stand auf, wischte mir mit
zitternden Fingern über die Wange. „Schau, ich muss gehen."

„Wirst du auf Matt warten?"

„Natürlich. Es ist ja nicht so, als könnte ich irgendwohin
gehen, außer ich stehle Colts Truck."

„Okay. Ruf mich an. Und bald. Ich liebe dich,
Schwesterherz."

Ich antwortete nicht, sondern beendete den Anruf nur und
versuchte, die schlimmste Klatschseite im Internet auf dem
kleinen Bildschirm aufzurufen. Es war schwer etwas zu
erkennen und ich rieb mir immer wieder über die Augen.

Da war es. Oben auf der Hauptseite. Es war von mir und
Micah im See. Sein Gesicht war mit einem Unschärfewerkzeug
unkenntlich gemacht worden. Mein Hintern war ebenfalls
verschwommen, um die FCC Richtlinien einzuhalten, aber
nicht mein Gesicht. Nein, das war, was die Leute sehen wollten.
Es war aufreizend genug. Es stand außer Frage, dass ich nackt
war und dass wir Sex hatten. Meine Beine waren um Micahs
Taille geschlungen und man konnte die Kurve seines Hinterns
sehen.

Ich scrollte nach unten. Das nächste Foto, war genau das,
wovor mich Ann Marie gewarnt hatte. Es war gestern
Nachmittag aufgenommen worden. Nachdem Micah mich in
Colts Hütte getragen hatte und sie über mich hergefallen
waren, hatte Colt mich auf der Baustelle herumgeführt. Als er
fertig gewesen war, hatte er gesagt, er könnte nicht länger
darauf warten, mich wieder zu haben und hatte mich über

einen großen Felsen gebeugt. Ich hatte Colts Hemd getragen – es gefiel ihnen, wenn ich sie trug und sonst nichts – und meine Sandalen und daher war es für ihn ein Leichtes gewesen, seine Hose zu öffnen und in mich einzudringen.

Gott, ich war so naiv gewesen. So dumm zu denken, dass sie mich wollten.

Ich hörte einen Automotor, das Knirschen von Reifen. Matt. Ich hatte den Besitzer der Ranch noch nie getroffen, aber ich war froh, dass er hier war.

Ich stürmte aus dem Bad, fand meine Tasche und zog ein Paar Jeans heraus.

Plötzlich realisierte ich, dass ich einen dämlichen Analstöpsel in meinem Hintern hatte. Ich stürzte zurück ins Bad und zog ihn vorsichtig – mit jeder Menge Zusammenzucken – heraus und warf ihn in den Mülleimer. Ich zog mich zusammen, mein Körper war wund. Jetzt war es eine Erinnerung daran, wie dumm ich gewesen war. Wie schmutzig ich mich wegen der Spiele, die sie mit mir gespielt hatten, fühlte. Sie hatten gesagt, sie hätten mich erobert. Erobert, so ein Scheiß!

Ich musste darüber lachen, während ich meine Jeans anzog. Auf den Boden sinkend, schnappte ich meine Sandalen, die neben die Badewanne gefallen waren. Ich zog sie an, schnappte meine Tasche, ging nach draußen und blinzelte in das helle Sonnenlicht.

Matt war dunkel wie Colt, aber damit endeten die Ähnlichkeiten auch schon. Er war vier oder fünf Zentimeter größer als Micah, aber hatte breite Schultern und schmale Hüften. Er sah mich vor den anderen und tippte sich an den Hut.

„Ma'am." Er lief zu mir. „Ich bin Matt von Hawk's Landing. Es tut mir leid, dass wir uns nicht eher getroffen haben und es tut mir leid, dass wir es jetzt nicht unter besseren Umständen tun."

„Matt hat uns erzählt, was los ist", informierte mich Colt.

Mein Herz verkrampfte sich. Er war mit Sägemehl bedeckt, sein kurzes Haar nass vom Schweiß. Er sah zum Anbeißen aus, absolut männlich und hinreißend. Aber das bedeutete nicht, dass er nicht ein hinterhältiges, intrigantes Arschloch war.

Ich sagte ihm das. Seine Augen weiteten sich.

„Und du", ich zeigte auf Micah, „ich habe dir geglaubt. Jedes Wort."

„Süße, wovon sprichst du?"

„Die Fotos. Ihr habt sie gemacht. Sie verkauft."

Beide Männer wirkten augenblicklich verblüfft, dann wütend.

„Du glaubst doch nicht – ", begann Micah, aber ich hielt ihn auf, indem ich zu ihm stapfte und mein Handy ausstreckte.

„Ich glaube nicht. Wie würde es sonst Fotos von uns geben? Beim Ficken."

Aus meinem Augenwinkel sah ich, dass Matt sich versteifte, aber ich ignorierte ihn und die Scham, die damit einherging, dass er etwas herausfand, was eigentlich privat sein sollte. Es war egal. Mein Sexleben war in Farbe für die ganze Welt sichtbar. Matt war nur eine Person von Millionen.

Micah nahm das Handy und drehte den Bildschirm so, dass er von der Sonne abgeschirmt wurde. „Fuck!", schrie er.

Colt ging zu ihm, nahm es von ihm und scrollte runter.

„Wir haben das nicht getan", sagte er mit tonloser Stimme.

„Also lauern einfach zufällig Fotografen in den Bäumen bei der Hütte? Woher wussten sie, dass es ein Gewitter geben und wir unsere Richtung dorthin ändern würden? Dass wir sogar Sex haben würden?"

„Süße, wir würden nie – "

Ich schloss meine Augen, sperrte ihn aus. Ich konnte sie nicht mehr anschauen. Die Tränen fielen jetzt. Ich war nicht sehr gut darin, wütend zu sein. Ich war normalerweise eher traurig und das hielt mich vom Streiten ab. Wie jetzt. Ich war fertig. Es war genauso wie immer.

„Zumindest hat Chris – der Rocker Ex-Verlobte – keine

Fotos geschossen. Zur Hölle, wir hatten nicht einmal Sex. Er hat mich benutzt, ja, aber nur, um seine Fangemeinde zu vergrößern. Ich wusste, worauf ich mich einließ. Aber dies? Ich habe eure Lügen geglaubt. Alle."

„Mir gefällt nicht, was du uns unterstellst", sagte Micah mit harter Stimme.

„Ich unterstelle gar nichts", entgegnete ich. „Ihr habt für immer gesagt." Ich würgte an dem Wort und fing an zu weinen.

„Und wir haben für immer gemeint."

Ich schniefte, wischte über meine Wangen und nahm den Schauspielerinnen-Modus ein. Es war an der Zeit vorzutäuschen. Um von hier wegzukommen, so weit weg von ihnen, wie ich konnte. Ich holte tief Luft, formte sogar ein Lächeln. Es tat fast weh, es zu tun, aber ich klebte es mir ins Gesicht. Ich würde einen verdammten Emmy für diese Rolle bekommen.

„Vergangenheit. Warum habt ihr es getan? Geld? Die Fotos haben dir das Geld gegeben, das du gebraucht hast, um dein Haus fertigzustellen, richtig?" Ich schaute von Colt zu Micah. „Und du? Was hast du gebraucht, finanzielle Mittel für deine Firma?" Ich zuckte mit den Achseln. „Ich hoffe, ihr habt genug bekommen. Ich weiß, diese Klatschblätter verhandeln hart. Ihr hättet einfach mich darum bitten können. Ich habe genug, für was auch immer ihr tun wollt. Ihr hättet nicht einmal euren Hintern entblößen müssen, um es zu erhalten."

Ich lief zu Matts Truck. Er hatte glücklicherweise während der ganzen Zeit geschwiegen. Er griff sich den Träger meiner Tasche von meiner Schulter und nahm sie mir ab.

„Das ist es? Du beschuldigst uns, Fotos von uns beim Sex an Klatschblätter verkauft zu haben und dann läufst du weg. Du willst die Wahrheit nicht herausfinden? Für uns kämpfen?", fragte Micah.

Ich drehte mich nicht um. „Ich kämpfe nur, wenn es etwas gibt, dass den Kampf wert ist."

„Du hättest es auch sein können", erwiderte Colt, „der

jemanden anheuerte, um dir zu folgen, die Fotos zu machen, um zu beenden, welche verquere Beziehung auch immer du mit deinem Ex hattest. Vielleicht hast du uns benutzt."

Diese Worte veranlassten mich dazu, mich umzudrehen. Der scharfe Stich. Beide Micah und Colt standen da, atmeten schwer, ihre Gesichter waren rot vor Wut.

„Genau wie es meine Schwester sagte, musste ich flachgelegt werden. Ich würde sagen, wir sind quitt, glaubt ihr nicht?" Ich warf ihnen einen letzten Blick zu, dann rannte ich zu Matts Truck. Er war da, um die Tür zu öffnen. „Können wir uns beeilen?", fragte ich.

Er nickte, starrte die Männer finster an, während er um das Auto zur Fahrerseite lief.

Er verweilte nicht, sondern fuhr davon, bevor ich anfangen konnte, zu weinen. Ich erhaschte einen letzten Blick auf Micah und Colt, die zwei Männer, die jede einzelne Unze Vertrauen, die ich noch übrighatte, gestohlen hatten sowie mein Herz.

14

ICAH

NACHDEM MATT WEGGEFAHREN WAR, standen Colt und ich wie Idioten da und starrten dem sich legenden Staub hinter her.

„Was zum Henker ist gerade passiert?", fragte ich und fuhr mit der Hand über meinen Nacken.

Ich trug nur meine Jeans, während die Frau unserer Träume davonfuhr und uns hasste.

„Jemand hat Bilder von uns veröffentlicht. Scheiße, sie sind schlimm", erwiderte Colt. Er spuckte jedes Wort wie Nägel aus. „Wir müssen ihr hinterhergehen."

Ich schüttelte meinen Kopf. Jedes einzelne Molekül in meinem Körper wollte in Colts Truck springen und sie verfolgen, aber sie würde nicht zuhören. Nicht jetzt. Wir mussten sie gehen lassen.

„Fuck. Nein." Ich erklärte meine Gründe und er stimmte widerstrebend zu. „Wir wissen, dass wir es nicht getan haben. Also müssen wir herausfinden, wer es getan hat."

„Verdammt richtig."

Colt lief zur Hütte – der Hütte, in der immer noch Laceys Blumenduft in der Luft hing. Er schnappte sich sein Telefon, ließ sich auf dem Sofa nieder und tippte mit seinen Fingern darauf herum.

„Es hätte dieses Ehepaar vom Barbecue sein können. Sie waren verrückt. Sie haben erwähnt, diese verdammte Serviette für hundert Dollar zu verkaufen. Vielleicht wollten sie mehr."

„Ja, aber wer wusste, dass wir oben in der Hütte im Hinterland waren? Lacey hat recht. Sogar wir wussten nicht, dass wir dortbleiben würden. Ernsthaft, wer könnte schon ein beschissenes Naturereignis vorhersagen?"

Er schaute mich nicht an, während er sprach, sondern auf sein Handy.

„Sie stellen sie als Schlampe dar. Zwei Männer in zwei Tagen. Es steht außer Frage, was wir mit ihr tun."

„Erwähnen sie, dass wir sie gemeinsam nehmen?"

Er las still. Auch wenn ich mich neben ihn setzen und zur gleichen Zeit mitlesen wollte, war das Handy einfach viel zu klein dafür.

„Nein. Unsere Namen auch nicht. Nur ihren. Wir sind die 'mysteriösen Cowboys', die auf eine Runde Rodeo scharf waren."

„Fuck", knurrte ich. Ich drückte meinen Nasenrücken. „Du denkst nicht wirklich, dass sie Paparazzi bezahlt hat, um ihr zu folgen und Fotos zu machen, oder?"

Er stöhnte. „Nein. So ist sie nicht. Aber ich war wütend und ich wollte, dass sie sah, dass ihre Anschuldigungen lächerlich waren. Dass es auch andere Möglichkeiten gab. Stattdessen habe ich sie dazu gebracht, zu denken, dass ich ein Mistkerl bin. Dass sie eine belanglose Schlampe ist, was sie so sehr zu vermeiden versucht."

„Ja, das ist ziemlich nach hinten losgegangen."

„Wir müssen nicht nur die Arschlöcher finden, die das getan haben und sie töten, sondern wir werden die Dinge auch mit Lacey richten müssen."

Keine kleine Aufgabe. Ich wusste nichts über Ruhm oder LA oder so etwas Verrücktes wie diesen Mist. Aber Matt wusste es. Er war ein professioneller Baseballspieler gewesen. Er konnte helfen. Ich teilte meine Gedanken mit Colt.

„Ja, er kann helfen. Und das kann auch Laceys Schwester."

„Sie ist diejenige, die angerufen hat, die veranlasst hat, dass Matt hierherkam."

„Dann ist sie beschützend. Wir müssen sie auf unsere Seite ziehen."

Colt stand auf und schnappte sich seine Schlüssel. „Wir müssen gehen und unser Mädel zurückholen. Das richtig stellen. Ihr beweisen, dass wir sie lieben. Dann werden wir sie erobern, so dass sie es nie vergisst. Wenn wir die Boulevardzeitschriften hinzuziehen müssen – mit der Wahrheit – dann werden wir es tun."

„Abso-fucking-lut."

LACEY

„Du musst nächste Woche zur Arbeit zurückkehren", teilte mir Ann Marie mit, bevor sie sich ein Stück Popcorn in den Mund stopfte. Wir saßen auf dem Sofa in ihrem großen Wohnzimmer und schauten 'Das darf man nur als Erwachsener'.

„Warum kann ich keinen Jake Ryan haben?", fragte ich, während ich für den Helden in dem 80er Jahre High-School-Film schwärmte.

„Ich weiß", stimmte Ann Marie zu. „Er ist hinreißend. Und der Porsche schadet ihm auch nicht. Du hattest zwei Jake Ryans."

Sie hatte weder Micahs noch Colts Namen erwähnt, seit ich zurück in LA war. Sie hatte ein Privatflugzeug organisiert, das mich von Montana abholte. Sie hatte es weder meiner PR-

Firma oder sonst jemandem erzählt und wusste nicht, wer die Fotos gemacht hatte. Matt von Hawk's Landing war wirklich nett gewesen und hatte absichtlich während der gesamten Fahrt nach Bozeman geschwiegen. Er hatte versprochen, dass er der Verletzung meiner Privatsphäre als Gast nachgehen und sich wieder bei mir melden würde. Ich hatte noch nicht von ihm gehört.

Ich hatte auch in keine Zeitung oder Boulevardzeitschrift geschaut oder war online gegangen. Ann Marie hatte bereitwillig mein Handy genommen und ich hatte jeden Computer in ihrem Haus gemieden. Sie hatte mir erzählt, dass eine der Zeitschriften einen Artikel darüber veröffentlicht hatte, dass Chris vorwärtsgegangen wäre. Er war kalter Kaffee. Wie es ihm mit seiner Band ging, lag nun in seiner Hand oder in der Hand der Schauspielerin, an die er sich als nächstes hängte.

Ich war nicht zu meinem eigenen Haus gegangen. Ich hatte kein Interesse daran. Nach der Party, die Chris geschmissen hatte, hatte ich keine Ahnung, in welchem Zustand es war. Gabe war klasse gewesen. Er hatte veranlasst, dass ein Team seiner Firma in das Haus ging und meine persönlichen Gegenstände einpackte, Klamotten und solche Dinge, und sie hierherbrachte. Dann hatte er mit einem Immobilienmakler zusammengearbeitet, um das Haus auf den Markt zu bringen.

Ich würde nicht zurückgehen. Nicht nur zu meinem großen, leeren Haus am anderen Ende der Stadt, sondern auch nicht zu Chris. Oder meinem Job. Da wir das Ende der Staffel fertig gedreht hatten, stand mein Vertrag zur Diskussion und mein Agent musste mir immer noch die Papiere für eine Verlängerung zu schicken. Jeder, einschließlich mir, hatte angenommen, dass ich zurückkehren würde, wenn die Dreharbeiten nächste Woche begannen. Aber meine Zeit in Montana hatte alles verändert.

„Ja, zwei Jake Ryans", stimmte ich zu. „Aber nur für zwei Nächte. Es war nur ein Liebesabenteuer."

Ann Marie drehte ihren Kopf zu mir. „Du kannst dich selbst belügen, so viel du willst, aber ich sehe, wie es dir geht. Diese Männer waren mehr als ein Liebesabenteuer."

Gabe kam in den Raum und hielt das Haustelefon in der Hand. „Es ist Matt von Hawk's Landing."

Er schwieg, während er darauf wartete, dass ich entschied, ob ich mit ihm reden wollte. Es war meine Entscheidung. Sie hatten mir die ganze Woche über die Entscheidung überlassen, wie viel Kontakt ich mit der Außenwelt haben wollte.

Gabe war ein paar Jahre älter als ich, gutaussehend auf eine städtische Art und Weise. Dunkelhaarig. Er trug einen sauberen Geschäftsanzug, da er gerade erst vom Büro Heim gekommen war. Früher hatte ich ihn attraktiv gefunden, aber nicht länger. Er war nicht Colt oder Micah. Ich wollte nicht den steifen Geschäftstyp. Nein, ich wollte meine Cowboys.

Ich warf einen Blick auf das Telefon, wusste, dass was auch immer Matt sagen würde, nicht schlimm war, weil Gabe es für mich überprüft hatte.

Ich nahm es und zog meine Füße unter mich auf das Sofa. „Hi, Matt."

„Lacey. Ich nehme an, du hast die Nachrichten nicht gesehen. Oder die Boulevardzeitschriften." Das letzte Wort spuckte er aus, als würde es schlecht schmecken.

„Nein."

Er seufzte durch das Telefon. „Wir haben die Identität der Person aufgedeckt, die die Fotos gemacht hat. Er war ein Angestellter, eine vorübergehende Arbeitskraft für den Sommer, der zufällig den Anruf der Männer bei der Rezeption mitangehört hat, in dem sie uns wissen ließen, dass ihr drei sicher in der Hütte im Hinterland wart. Ich schätze, er hat dich beim Check-in erkannt und entschlossen, dich zu stalken."

Ich zuckte bei dem Wort zusammen. Ich hasste es. Es bedeutete schlechte Absichten.

„Er hat beim Barbecue gearbeitet und den Streit mit dem faszinierten Ehepaar beobachtet. Er hat auch beobachtet, wie du mit Colt und Micah gegangen bist. Er sagte, er sei euch gefolgt und dass er das Foto auf Colts Grundstück gemacht habe."

Ann Marie schaute mich erwartungsvoll an.

„Sie haben es nicht getan", erzählte ich ihr. Oh. Mein. Gott. Sie hatten es nicht getan. „Ich habe so schreckliche Dinge gesagt."

„Das hast du", bestätigte Matt. „Die Situation war schlimm, Lacey. Aufgrund deiner Vergangenheit hattest du berechtigten Grund für deine Gedanken."

„Warte. Wie kam der Kerl zu der Hütte im Hinterland? Ich meine, hat er ein Pferd genommen? Wir haben ihn nicht gesehen."

„Tatsächlich gibt es eine Zugangsstraße ein paar Meter entfernt von der Hütte. Sie wurde ursprünglich gebaut, um Baumaterialien an die Stelle zu schaffen und sie wurde nicht nur zur Sicherheit erhalten, sondern auch um die Hütte in Ordnung zu halten. Ein Team geht dort hin, reinigt und füllt alles wieder auf, nachdem die Gäste gegangen sind."

Das machte Sinn. Nach dem zu schließen, was mir Colt darüber erzählt hatte, dass man überall auf dem Grundstück Handyempfang hatte, war es eigentlich keine große Überraschung.

„Oh."

„Als ein Freund – zumindest würde ich gerne denken, dass wir Freunde sind – möchte ich mich für das, was passiert ist, entschuldigen. Frauen sollten beschützt, nicht beschämt oder für einen anstößigen Gewinn verkauft werden. Als Besitzer von Hawk's Landing würde ich es verstehen, wenn du dich dazu entschließen würdest, uns wegen der Verletzung deiner Privatsphäre zu verklagen. Ich habe Gabe bereits die Kontaktdaten unseres Anwalts gegeben."

„Oh, ähm. Das ist nicht nötig."

„Sei nicht voreilig mit deiner Antwort. Du hast das Recht auf Schadensersatz, da wir die Schuld tragen."

„Nein, die trägt der Kerl, der die Fotos gemacht hat."

„Du kannst dich darauf verlassen, dass er nicht länger ein Angestellter ist und dass unsere Anwälte seinen Arsch für Vertragsbruch, Missachtung des Geheimhaltungsvertrags und anderen Papierkram, den er bei der Einstellung unterschrieben hat, verklagt haben. Er wurde auch wegen dem Verkauf unangemessener Fotos, ohne dass dem zugestimmt wurde, verhaftet."

„Ich wusste nicht, dass man das tun kann."

„Ich kann nicht sagen, dass die Klagen durchgehen werden, aber es ist nichts falsch daran, ihn in der Zwischenzeit in Todesangst zu versetzen."

Ich musste darüber lachen.

„Danke, dass du es mir mitgeteilt hast."

„Gern geschehen. Wenn es noch irgendetwas anderes gibt, werde ich es – "

Ein Gedanke schoss mir in den Kopf. „Du hast Colt nicht gefeuert, oder? Es war nicht seine Schuld."

Die Worte entwichen meinen Lippen mit einem scharfen Seufzer der Erleichterung. Sie hatten es nicht getan. Es war weder Colts noch Micahs Schuld. Sie hatten mich nicht verkauft.

„Er arbeitete nicht zu der Zeit des…Vorkommnisses, weswegen er auch keine Beschäftigungsregeln gebrochen hat. Was ihr in eurer Freizeit macht, geht mich nichts an. Was die Vorkommnisse auf Colts Ranch betrifft, nehme ich an, dass er selbst eine Anklage wegen unerlaubten Betretens und einiger anderer Dinge erheben wird."

„Gut. Gut für ihn."

„Mach's gut, Lacey. Wenn du jemals wieder zu Hawk's Landing kommen möchtest, kontaktiere mich bitte persönlich."

Ich bedankte mich bei ihm und legte auf. Es gab nicht mehr, was ich sagen konnte. Seine Gästeranch hatte im Prinzip einen großen Fehler gemacht und ich hatte dafür bezahlt. Er konnte nicht mehr tun, als sich zu entschuldigen und jegliches Geld zu bezahlen, das ich wollte, wenn ich ihn verklagte. Er verdiente dieses Durcheinander genauso wenig wie der Rest von uns.

„Und?", fragte Ann Marie. Während ich geredet hatte, hatte sie den Film angehalten, Gabe war neben sie geglitten und hatte sie an seine Seite gezogen.

Ich erzählte ihr von dem Angestellten und was er getan hatte.

„Wir können ein anderes Mal darüber reden, Hawk's Landing zu verklagen", schlug Gabe vor. Ich zweifelte nicht daran, dass seine Firma ein ganzes Stockwerk voller Anwälte hatte. „Was die Boulevardzeitschriften betrifft, die die Fotos gekauft haben, die habe ich bereits verklagt. Verleumdung und andere Dinge. Große Anwaltworte, an die ich mich nicht einmal mehr erinnern kann. Es wird morgen ein Widerruf erscheinen. Auch wenn es die Papierversionen der Geschichten nicht aus dem Umlauf holen wird und die Leute es vielleicht nicht glauben werden, so werden doch die Fotos von den Webseiten genommen."

„Es wird keinen Unterschied machen", meinte ich. „Der Schaden wurde angerichtet."

„Sie haben Micah und Colts Gesichter unkenntlich gemacht und deines sichtbar gelassen. Sie haben dich absichtlich und persönlich verletzt."

Ich schüttelte meinen Kopf. „Sie können einen Widerruf schreiben, aber ich will nicht, dass sie die Wahrheit schreiben. Wenn sie das tun, werden sie herausfinden, dass ich in zwei Männer verliebt bin und ich will nicht, dass Colt oder Micah verletzt werden. Ich habe ihnen bereits genug angetan."

„Du bist in uns verliebt?"

Ich wirbelte herum, wodurch ich das kabellose Telefon zu Boden warf. Dort, genau im Türrahmen, standen Micah und Colt.

Sie sahen so gut aus. Groß und attraktiv und perfekt.

Dennoch konnte ich auch sehen, dass sie müde aussahen, sogar abgekämpft.

„Was macht ihr – "

Sie traten in das Zimmer, blockierten den großen Fernseher über dem kalten Kamin. „Du bist in uns verliebt?", fragte Colt wieder.

„Es tut mir leid", antwortete ich, meine Stimme war zuerst nur ein Flüstern. Ich sagte es wieder. Lauter. „Es tut mir leid. Es tut mir so, so leid."

Ich konnte nicht aufhören, es zu sagen, denn es tat mir wirklich leid. Die Worte, die ich ausgesprochen hatte, die Anschuldigungen. Ich sehnte mich danach, zu ihnen zu gehen, aber sie würden mich nicht wollen. Ich hatte sie vor den Boulevardzeitschriften-Bus geworfen und war geflohen.

„Das ist nicht, was wir hören wollen, Süße."

Gabe stand auf und zog Ann Marie auf ihre Füße. Sie wirkte zu gleichen Teilen verblüfft und verzaubert von ihrem Anblick. Es war offenkundig, dass sie nichts von ihrer Anwesenheit gewusst hatte. Was Gabe betraf, so wusste ich, dass er in dies eingeweiht gewesen war. Matt auch. „Geben wir ihnen ein wenig Privatsphäre, Schatz." Sie schenkte mir ein beruhigendes Lächeln, bevor ihr Ehemann sie aus dem Zimmer zog.

Colt und Micah kamen um den großen Couchtisch und setzten sich auf jede meiner Seiten. Ich fühlte ihre Hitze, atmete ihren Duft ein und saugte ihre Anwesenheit auf. Es war wie ein Starkregen nach einer Dürre. Ich musste mit ihnen zusammen sein.

„Das ist verrückt."

Micah rang sich ein Lächeln ab. „Du hast das von Anfang an gesagt. Dennoch sagst du, dass du uns liebst."

„Richtig?", fügte Colt hinzu.

Ich schaute zu ihnen beiden. So stark. So perfekt. Ich nickte.

„Sag es, Süße."

Ich räusperte mich, unterdrückte meine Tränen. „Ich liebe euch."

Sie entspannten sich beide, als ob sie darauf gewartet und es gebraucht hätten, um überleben zu können. Sie grinsten und ich konnte nicht anders, als ebenfalls zu lächeln.

Micah zog mich an sich, tatsächlich zog er mich sogar auf seinen Schoß, hob mein Kinn an und küsste mich. Es war so gut. Süß und heiß, mein Körper wachte bei seiner Berührung auf. Er stöhnte und ich wimmerte.

„Ich bin dran." Colt hob mich auf seinen Schoß und küsste mich. Zunge war auch darin verwickelt. Jede Menge davon. Ich wollte, dass sie mich auf dieses Sofa warfen und über mich herfielen, aber sie hatten andere Pläne. Pläne, die...Reden involvierten.

„Du hast Matt gehört?", wollte Colt wissen, während er meine Haare zurückstrich.

„Dass ihr es nicht wart", antwortete ich.

„Das stimmt."

„Ich...ich wusste, dass ihr es nicht wart. Aber ich war so wütend, so aufgebracht, dass die Worte einfach rauskamen."

„Das wissen wir. Und ich habe auch einige Dinge gesagt, die verletzend waren. Ich habe sie nicht gemeint." Colt hob mein Kinn an. „Wirst du mir verzeihen?"

„Ja", rief ich, schlang meine Arme um ihn und hielt ihn fest.

„Wir kamen hierher, um Anspruch auf dich zu erheben, Lacey. Du wirst uns nicht so einfach loswerden."

Ich drehte meinen Kopf, so dass ich Micah anschauen konnte, aber Colt wollte mich nicht aus seiner Umarmung entlassen. „Einfach? Du meinst ein Stalker und Sexfotos in den Klatschzeitschriften?"

„Ja, also wenn wir mit so etwas Einfachem fertig werden, können wir alles überleben. Solange wir zusammen sind, richtig?"

Ich lachte wegen seinem Sarkasmus. „Richtig. Eure Karrieren, euer Leben müssen auf den Kopf gestellt worden sein. Ich meine, eure Eltern verstecken sich wahrscheinlich vor Scham."

Micah fuhr mit einem Knöchel über meine Wange, scheinbar unbeeindruckt von der sehr peinlichen Enthüllung. „Wir sind nicht siebzehn. Wir sind erwachsene Männer. Ich denke, alle unsere Eltern wissen, dass wir Sex haben. Sie sind nur froh, dass wir Sex mit der Einen haben."

„Oh."

„Jeder in Bridgewater wartet darauf, dich kennen zu lernen."

Ich runzelte die Stirn. „Mich? Oder Jane Goodheart?"

„Dich. Die Frau, die uns so wichtig ist, dass wir es in den nationalen Medien verkündet haben."

„International", entgegnete ich. „Vergesst nicht, ich bin sehr berühmt in Korea."

Micah lachte und ich fühlte das Rumpeln von Colts Brust.

„Sie wollen dich kennen lernen, die Frau, die wir heiraten werden. Die Frau, die die Herzen von Colt und Micah gestohlen hat."

„Die eure Herzen gestohlen hat?", fragte ich. Mein eigenes sprang mir fast aus der Brust.

Sie nickten, bevor sie mich wieder küssten. Ich liebte es von ihnen gemeinsam umsorgt zu werden.

„Wie wird das funktionieren?", wunderte ich mich.

„Du drehst deine Serie nicht das ganze Jahr über, richtig?", fragte Colt. Er gab mir keine Chance zu antworten. „Obwohl du mit deiner Karriere allein sehr erfolgreich bist und wir besitzergreifende Bastarde sind, werden wir deine Träume nicht unterdrücken. Aber wir werden dich dazu bringen, deine PR-Firma zu feuern. Die ist wirklich beschissen. Du wirst auch nicht auf irgendwelche internationale Touren gehen. Kein Presse Mist. Mach einfach den Job und komm Heim."

„Zu uns."

„Ich will das nicht", sagte ich.

Micah runzelte die Stirn und spannte sich an.

„Mein Vertrag steht zur Verhandlung. Ich werde ihn so drehen, dass ich in Montana leben kann. Mit euch. Ich werde hierherkommen und während der Dreharbeiten bei Ann Marie wohnen, aber ich denke, dass mich die Autoren aus der Serie schreiben können."

„Aber du bist Jane Goodheart und unsterblich, jetzt da du ein Vampir bist. Ich sage, du solltest Kade töten. Er ist ein Arschloch."

Ich starrte Colt mit großen Augen an.

„Was?", fragte er. „Wir haben die Serie angeschaut. Alle Episoden. Wir lieben dich als Lacey und als Jane."

„Du bist eine wirklich gute Schauspielerin", fügte Micah hinzu. „Wir können jeder Zeit, wann du willst, Rollenspiele machen. Mir schwebt da eine sexy Bibliothekarin vor."

Ich konnte nicht anders, als lachen. „Das kann ich tun."

„Können wir jetzt von hier verschwinden? Hier sind zu viele Leute."

Ich neigte meinen Kopf bei Colts Frage zur Seite. „Ann Marie und Gabe werden uns unsere Privatsphäre geben."

Er schüttelte seinen Kopf und küsste meine Nasenspitze. „Nein, Süße. Nicht dieses Haus, nicht LA. Dein Schwager hat ein Flugzeug für uns organisiert. Um uns nach Hause zu bringen."

„Wirst du mit uns kommen?", fragte Micah.

Ich musste nicht zweimal überlegen. „Ja. Bringt mich nach Hause."

15

OLT

GELD IST MIR SCHEIßEGAL. Ich hatte genug, um mein Land zu kaufen und ich war geduldig darin, mein Haus zu bauen. Ich hatte einfache Bedürfnisse. Aber ich könnte mich an ein Privatflugzeug gewöhnen. Auch wenn ich keine Ahnung hatte, wie viel Geld genau Lacey hatte, war sie sicherlich eine Millionärin. Ich wusste aus diesen verdammten Klatschheften, wie viel sie pro Episode verdiente. Wenn sie keine Idiotin in Bezug auf ihre Finanzen war, musste sie nicht arbeiten. Es war jedoch nicht ihr Geld, dass unseren Rückflug nach Montana bezahlt hatte, sondern Gabes. Ihr Schwager war genauso begierig darauf, Lacey glücklich zu sehen, wie wir.

Na ja, vielleicht nicht ganz so sehr. Aber er wünschte sich wahrscheinlich sehnlichst, sie aus seinem Haus zu bekommen. Ich verstand sein Interesse, seine neue Ehefrau ganz für sich allein zu haben. Als er uns seine Hilfe angeboten hatte, um Lacey zurückzubekommen, hatte ich mich online über ihn informiert. Ich hatte in der vergangenen Woche mehr

Technologie verwendet, als ich es jemals hatte tun wollen. Ich freute mich darauf, zu der Stille zurückzukehren. Mit Lacey.

Und es in einem Privatflugzeug zu machen, war noch besser.

Wir hätten uns auf dem Weg zu Mitgliedern des Mile High Clubs machen können, aber ich wollte niemanden in der Nähe haben, wenn wir sie das nächste Mal fickten. Nicht einmal eine Flugbegleiterin. Also hatte sie es sich zwischen uns in den luxuriösen Sitzen bequem gemacht und wir hatten wie Teenager rumgemacht.

Zu dem Zeitpunkt, an dem wir zurück nach Bridgewater und zu Micahs Stadthaus fuhren – es lag näher als meine Hütte – waren wir alle mehr als erregt.

„Ich will euch zu sehr, um so zu tun, als wäre ich eine Bibliothekarin", murmelte sie, während ich sie hinter mir die Eingangsstufen hochzog. Micah schloss die Tür auf und schaltete das Licht an – es war nach zehn und die Sonne war vor einer Stunde untergegangen – und wartete darauf, dass wir aus der Tür verschwanden, so dass er sie zutreten und abschließen konnte.

„Kein Verstellen", sagte ich, als ich vor Micahs großem Bett innehielt.

Er schloss auch die Schlafzimmertür und ging sogar zu den Fenstern, um die Jalousien zu schließen. Die Vorstellung, dass uns jemand beim Sex beobachtet hatte, nicht nur einmal, sondern zweimal, weckte in mir den Wunsch, ins Gefängnis zu gehen und diesen Kerl zu Brei zu schlagen...wieder. Ich hatte ihn geschlagen. Matt hatte mir erlaubt, einen guten Treffer zu laden, bevor sie ihn von der Ranch und ins Gefängnis transportiert hatten.

Während wir mit Lacey niemals gehemmt sein würden, waren weder Micah noch ich Exhibitionisten. Ich wollte nicht, das irgendetwas von dem, was wir taten, von irgendjemandem gesehen wurde. Ich schämte mich nicht. Ich war beschützend.

Und nach dem, was wir durchgemacht hatten, sehr beschützend.

„Heute Nacht wollen wir dich. Alles von dir. Du hast gesagt, du liebst uns. Ja?", fragte ich.

Sie nickte, aber wusste, dass wir die Worte wollten, denn sie sagte: „Ja."

„Wie du gesagt hast, ist dies schnell passiert. Wirklich schnell", stellte Micah fest. „Wir haben alle Zeit der Welt, um uns gegenseitig kennen zu lernen. Wusstest du, dass ich Koriander hasse?"

Ihre Augen weiteten sich und ihr Mund klappte auf. „Ähm, nein."

„Dann ist das jetzt eine Sache mehr, die du über mich weißt. Wir wollen dich heiraten, Lacey Leesworth", verkündete er. „Mach dir keine Sorgen, ich habe nicht gefragt. Du wirst es wissen, wenn wir fragen." Ich sah den glühenden Blick, wusste, dass wir kaum auf den richtigen Zeitpunkt, dies zu tun, warten konnten. „Heute Nacht werden wir dich allerdings zur Unseren machen. Wir werden dich gemeinsam nehmen."

„Dich erobern", fügte ich hinzu. „Und wir werden uns Zeit nehmen, uns kennen zu lernen, auch außerhalb des Schlafzimmers."

„Okay", murmelte sie. Ihre Augen leuchteten, ihre Lippen waren voll und rot von unseren Küssen. Sie hatte in LA ein T-Shirt und kurze Hosen getragen und sich nicht umgezogen. Die Luft war hier kühler und es war an der Zeit, sie aufzuwärmen. Und ich meinte nicht mit einem Sweatshirt. „Aber ihr solltet wissen, dass ich keine Country Musik mag."

Ich lachte über ihre Enthüllung. Ich hasste Country Musik, aber ich wusste, dass Micah einen Country-Sender in seinem Radio im Truck programmiert hatte. „Das ist in Ordnung für mich", entgegnete ich. „Erzähl mir etwas anderes, Süße. Bist du feucht für uns?"

Ich war fertig damit, Small Talk zu betreiben. Ich würde ihr ein anderes Mal erzählen, dass ich den Deckel nicht zurück auf die Zahnpasta schraubte.

Laceys Finger wanderten zu ihrer Hose, öffneten den Knopf und zogen den Reißverschluss runter. Nachdem sie den Stoff von ihren Hüften geschoben hatte – wobei sie ihren Slip mitgezogen hatte – hob sie eine Braue und fragte: „Warum findet ihr es nicht selbst heraus?"

Oh ja, sie war die Frau für uns. Es bestand kein Zweifel in meinem Kopf. Und als ich zu Micah schaute, sah ich, dass auch er keinen hegte. Sie war unsere.

LACEY

ICH WÜRDE NICHT über Colts Worte nachdenken, dass sie mich heiraten wollten. Das war ein Thema für ein anderes Mal. Ich hatte sie gerade erst zurückbekommen. Ich hatte eine Woche damit verbracht, zu weinen, wütend und traurig und alles dazwischen zu sein. Jetzt wollte ich mit ihnen zusammen sein, wieder zwischen ihnen sein. Ich wollte wissen, dass es nichts zwischen uns gab. Sie verstanden den Irrsinn meines Jobs und was es bedeutete, mit mir zusammen zu sein. Sie kannten das Schlimmste. Wie viel schlimmer konnte es werden, als dass jeder Sexfotos von uns sehen konnte? Mir grauste es wegen dem Skandal vor dem Tag, an dem ich ihre Eltern treffen würde. Vielleicht war das der Grund, warum sie gesagt hatten, dass sie mich heiraten wollten, damit ich einen Ring an meinem Finger hätte, bevor wir es taten.

Es gab jetzt kein Vortäuschen. Keine Sorgen. Ich konnte mit ihnen ich selbst sein. Immer. Sie hatten mich nie auf andere Weise gekannt. Und so hatte ich mich meiner Hose entledigt, meinen Slip ausgezogen und darauf gewartet, dass sie mich ansprangen.

Das taten sie. Sie brauchten ganze zwei Sekunden. Da sie zwei große Männer waren, wusste ich nicht, wer mich hochgehoben, wer mich auf das Bett gelegt, wer mir mit fachkundigem Geschick – und in Eile – mein T-Shirt und BH ausgezogen hatte. Alles, was ich wusste, war, dass ich zwischen einem Atemzug und dem nächsten nackt war, beide über mir aufragten und eine Hand auf meine Muschi gepresst wurde.

„Sie ist feucht", knurrte Micah.

Er glitt mit einem Finger in mich und krümmte ihn, während er meine Klitoris rieb. Ich packte ihre Arme und wölbte meinen Rücken. Die Berührung war rücksichtslos und präzise, keine neckende Berührung, aber eine, die mich innerhalb einer Minute an den Rand eines Orgasmus brachte.

„Du wirst kommen, Lacey. Wir müssen es sehen. Es hören. Ich muss fühlen, wie du meinen Finger drückst. Wie du auf meine Hand tropfst."

Micahs versautes Gerede war mein Verderben. Ich konnte ihnen nicht widerstehen, konnte das Vergnügen, dass er mir entlockte, nicht zurückhalten.

Ich schrie auf, zog mich zusammen, molk seinen Finger und wünschte mir, dass er größer und tiefer wäre. Mehr.

Als das Vergnügen abebbte, glitt er aus mir, aber mir wurde keine Gnadenfrist gewährt. „Ich bin dran", hörte ich Colt sagen, kurz bevor er meine Schenkel weit auseinanderschob und seinen Mund auf mich legte.

Ich war bereits so empfindlich, hatte mich kaum erholt, dass es nicht viel benötigte, um mich wieder zum Orgasmus zu bringen.

Und wieder.

Erst als ich hirnlos, knochenlos und ihnen vollständig ausgeliefert war, bewegten sie mich. Colt ließ sich auf dem Bett nieder, so dass er mit dem Rücken darauf lag und Micah brachte mich über ihm in Stellung. „Reite mich, Süße", knurrte er.

Ich war verwirrt. Das letzte Mal, als ich meine Augen offen

gehabt hatte, war er noch bekleidet gewesen. Jetzt war er nackt und hart, sein Schwanz bog sich nach oben in Richtung seines Bauches. Als er die Wurzel mit seiner Faust umfasste, beobachtete ich, wie ein Tropfen Flüssigkeit aus der Eichel quoll. Ich senkte meinen Kopf, um sie zu kosten, aber er drückte mich zurück nach oben.

„Nein. Keine Chance. Ich werde meine Ladung verschießen, bevor ich überhaupt in deinen Mund gelange. Später. Ich verspreche dir, du kannst später an mir saugen."

Ich stemmte mich auf meine Knie und schwebte über ihm, bis ich fühlte, dass er sich an meinem Eingang in Stellung brachte, dann senkte ich mich. Ich war so feucht und bereit, dass er leicht hineinglitt. Ich ritt ihn hemmungslos, kreiste und bewegte lustvoll meine Hüften, aber ich wusste, ich war nicht allein damit. Seine Hüften hoben sich, um mir entgegenzukommen, um mich vollständig zu füllen. Seine Hand packte meine Hüfte.

Ich warf einen Blick über meine Schulter auf Micah, da ich dachte, er käme zu kurz. Er hatte jedoch Gleitgel in seiner Hand und tropfte es auf seine Finger, bedeckte sie damit.

„Komm her, Süße", befahl Colt. „Mach Micah ein wenig Platz."

Ich beugte mich vor und drückte meine Brüste auf Colts Brust, die weichen Haare kitzelten meine weiche Haut. Er umfasste meinen Hinterkopf und küsste mich. Und hörte nicht auf. Nicht als Micah anfing, versaute Dinge zu reden, nicht als Micah anfing, zu spielen.

„Du hast den Stöpsel letzte Woche so gut aufgenommen. Ich werde dich heute Nacht hier erobern, aber ich werde dich zuerst darauf vorbereiten." Er unterbrach seine Litanei an Worten nicht. Lob, animalische Vorschläge, Pläne. Alles, während er einen Finger tief in mich arbeitete, dann einen weiteren. Als er sie öffnete wie eine Schere, keuchte ich gegen Colts Mund, aber er hörte nicht auf, mich zu küssen, als ob er es bräuchte, um zu atmen.

Ich hatte keine Ahnung, wie viel Zeit vergangen war. Colt stieß in einer schaukelnden Bewegung sanft nach oben und in mich. Genug, um uns beide auf den Höhepunkt zuzutreiben, aber nicht genug, um uns darüber zu stoßen. Als Micah endlich seine Finger herauszog, hörte ich das Geräusch von mehr Gleitgel und das glitschige Reiben von Haut.

„Mein Schwanz ist das Nächste", sagte er. „Schön langsam. Entspann dich, atme und wir werden dafür sorgen, dass du dich so gut fühlen wirst."

Da hörte Colt auf, mich zu küssen und beobachtete mich stattdessen. Ich konnte sagen, dass er sich vergewisserte, dass ich damit einverstanden war, dass ich es genoss. Ich hegte keinerlei Zweifel, dass sie beide stoppen würden, wenn ich es brauchte, aber ich hoffte, dass Micah mich gut vorbereitet hatte.

Ich wollte mit ihnen beiden zusammen sein, wollte in der Mitte dieser zwei fantastischen Männer sein.

Die breite Eichel war da, drückte nach innen. Kreiste. Zog sich zurück. Drückte wieder. Wieder und wieder und jedes Mal mit ein bisschen mehr Druck, bis sich meine Augen weiteten, mein Hintern sich für ihn öffnete und er nach innen glitt.

„Oh", keuchte ich. Wow, das war eine Menge. Sie waren groß und sie waren beide in mir.

„Okay?", fragte Colt und streichelte über meinen Kopf.

Ich nickte, keuchte. Micah bewegte sich leicht nach innen und ich stöhnte.

„Ihr geht es gut", sagte Colt.

„Schön langsam", bestätigte Micah. „Das ist es. Ein bisschen mehr, jetzt zurück. Gut, drück zurück. Ja. Gefällt es dir, deine beiden Männer zu ficken?"

Jetzt da Micahs Penis von meinem nicht mehr so jungfräulichen Hintereingang gedrückt wurde – wahrscheinlich sehr hart – begann er richtig versaut zu reden. Dinge, die ich mir zuvor noch nicht einmal vorgestellt hatte, aber die mich jetzt antörnten. Sie fingen an, sich gegensätzlich zu bewegen, einer rein, der andere raus, während sie mich vögelten.

Dass sie nur von einer dünnen Membran getrennt wurden, sorgte dafür, dass sie so tief eindrangen. So sehr. Micahs Stöße drückten mich nach vorne, wodurch meine Klitoris an Colts Unterleib rieb.

„Ich...es ist...ich werde kommen."

Sie hatten mich bereits zweimal zum Orgasmus gebracht und es hatte sich nicht wie dies angefühlt. Ich hatte keine Ahnung, dass es so viele erogene Zonen an meinem Körper gab, aber sie hatten sie alle gefunden. Und ich würde platzen. Explodieren. Mich entzünden.

Bumm.

Ich schrie, wahrscheinlich machte ich sie beide taub, aber ich war in ihnen verloren. Wegen ihnen.

Sie erhöhten ihr Tempo, aber waren immer noch vorsichtig damit. Micah kam zuerst, während er etwas darüber brummelte, dass es zu gut wäre. Ich fühlte, wie er heiß in mich spritzte. Er blieb bewegungslos, tief in mir, bis er wieder zu Atem kam, dann zog er sich langsam heraus.

Zu diesem Zeitpunkt konnte ich meinen Kopf nicht mehr von Colts Schulter heben. Unsere Körper waren beide glitschig mit Schweiß und ich konnte sein Herzklopfen hören.

Als Micah sich entfernt hatte, drehte mich Colt auf meinen Rücken und nahm mich. Langsam und gemächlich, aber kraftvoll.

„Unsere, Süße."

„Ja."

Er versteifte sich über mir, stieß tief in mich. Er schrie meinen Namen, während er kam.

Ich kam nicht noch einmal, ich konnte nicht. Ich brauchte es nicht. Ich war erschöpft. So perfekt erschöpft.

„Nun das ist genauso, wie es sein sollte. Alles andere wäre einfach falsch", sagte Micah, als er mit einem feuchten Waschlappen aus dem Bad zurückkehrte.

Als Colt sich von mir löste, nahm er den Waschlappen und wischte sanft zwischen meinen Schenkeln.

„Perfekt", murmelte er. „Scheiße, ich bin wieder hart."

Ich lachte, aber meine Augen blieben geschlossen. „Bring mir eine Packung gefrorener Erbens und lasst mich ein Nickerchen machen. Dann können wir es wieder tun."

„Bist du wund, Süße?", fragte Colt.

„Stoße doch du dir mal einen riesigen Schwanz in deinen Hintern und schau dann, ob du wund bist", murmelte ich.

Ich spürte, wie Lippen über meinen Kiefer strichen. Fühlte das Lächeln. „Nein, nur dein Hintern. Keine Sorge. Wir werden uns um dich kümmern. Um jeden perfekten Teil."

Ich spürte, wie das Bett einsank, als Micah sich auf einer Seite niederließ und Colt auf der anderen.

„Ihr Jungs seid auch nicht so schlecht. Ich habe meine zwei Cowboys bekommen."

„Ja, Ma'am", sagte Colt gedehnt.

„Ein Lasso wird nicht gebraucht", fügte Micah hinzu.

Ich konnte nicht anders, als zu lachen, während ich daran dachte, wie mich Colt mit dem Lasso gefangen hatte. Ja, er hatte mich damals gefangen, aber ich dachte, dass er mich das erste Mal gefangen hatte, als ich ihn gesehen hatte. Sie beide. In Bridgewater-Manier.

MEHR WOLLEN?

———

Lesen Sie einen Auszug aus Küsst Mich Verrückt, Buch 6 in der Bridgewater County Serie!

———

KÜSST MICH VERRÜCKT - KAPITEL 1

AVERY

„Das hatte ich nicht gemeint, als ich sagte, ich würde euer Hotelzimmer mit euch teilen." Meine Stimme klang atemlos und angereichert mit Gelächter. Dies mochte zwar nicht das sein, was ich geplant hatte, aber ich würde mich sicherlich nicht beschweren. Abgesagte Flüge waren nervig, aber ich verbrachte gerne eine Nacht in einem Flughafenhotel, wenn dies meine Belohnung war.

Mein Kopf fiel zurück, als ich nach Luft schnappte. Jacksons Lippen bewegten sich zu meinem Hals, saugten und leckten, während er seine Hüften gegen meine drückte. Mir konnte die harte Länge seines Penis nicht entgehen, als er mich zwischen seinem dünnen Körper und der Tür des Hotelzimmers gefangen nahm. Meine Beine schlangen sich um seine Taille und eine seiner großen Hände umfasste meinen Hintern. Drückten.

Gott, ja.

Jackson hob seinen Kopf, um auf mich hinunter zu grinsen. Er hatte immer noch das gleiche jungenhafte, gute Aussehen, für das ich bereits in der High-School geschwärmt hatte, als er ein Star des Bridgewater Baseballteams gewesen war. Er hatte mich damals kaum bemerkt, aber jetzt...

Donnerwetter, jetzt hatte ich seine ganze Aufmerksamkeit. Genauso wie meine Nippel. Und meine Pussy.

„Willst du mir damit etwa sagen, dass du lieber am Gate schlafen und auf einen Morgenflug zurück nach Hause warten würdest?", fragte er, wobei seine Stimme ein raues Grollen an meinem Hals war.

Ich schüttelte meinen Kopf, während seine freie Hand meine Brust durch mein Oberteil umfasste. Meine Augen schlossen sich und ich versuchte, ihm zu antworten, als er seinen Daumen über meinen Nippel strich. „Oh Scheiße. Ich will sagen...ähm, Gott sei gedankt für Zufälle, Schneestürme und überbuchte Hotels."

Der scharfe Biss von Jacksons zwickenden Fingern auf meiner harten Spitze öffnete meine Augen wieder, ein Schrei entwich meinen Lippen. Mein Slip? Völlig ruiniert.

Sein antwortendes – und absolut umwerfendes – Lächeln sorgte dafür, dass mein Magen einen Salto vollführte.

Heilige Scheiße, ich machte mit Jackson Wray rum. In einem Flughafenhotelzimmer in Minneapolis. Wie war das passiert? Schicksal?

Er kreiste seine Hüften, rieb seinen harten Schwanz an mir und ich biss auf meine Lippe, um ein Wimmern zu unterdrücken. „Braves Mädchen."

Sein Mund war zurück auf meinem, seine Zunge ging auf Erkundungstour, sein kurzer Bart war weich und kitzelte ein wenig. Seine Hände wanderten zu dem Saum meines dicken Rollkragenpullovers, fanden die nackte Haut darunter und glitten nach oben, um meine Brüste zu umfassen. Da mochten zierlicher Stoff und Spitze sowie meine harten Nippel zwischen seinen schwieligen Händen gewesen sein, aber es verhinderte nicht mein antwortendes Stöhnen.

„Ja", wimmerte ich. Er hatte schnell herausgefunden, wie empfindlich sie waren. Wenn er so weitermachte, würde er mich zum Orgasmus bringen. Ich war schon fast dort und wir hatten immer noch unsere Kleider an.

„Ich dachte, ich wäre der Brüste-Mann." Die leise Stimme erklang hinter Jackson.

Ich zog mich zurück, um über seine Schulter zu schauen.

Dash McPherson. Wie hatte ich vergessen können, dass er hier war? Oh ja, Jacksons Kuss, der mir den Verstand raubte, und seine Finger, die an meinen Nippeln zupften.

Mit einem glühenden Blick und diesem verdammten Grübchen, das erschien, als er mich anlächelte, sah Dash jetzt sogar noch besser aus, als er es damals mit siebzehn getan hatte. Sie waren beide hier. Dashs braune Haare waren eine Spur zu lang, wodurch seine kantigen Gesichtszüge etwas weniger einschüchternd wirkten, aber nur etwas. Und dieses Grinsen. Schelmisch und verlockend zugleich. Dieser dunkle Blick des Verlangens aus verengten Augen...brachte meinen Körper nach wie vor zum Zittern, besonders da er direkt auf mich gerichtet war.

Vielleicht konnte Jackson meine Reaktion fühlen, denn sein Arm um mich herum spannte sich an und er hob mich von der Tür weg, drehte uns herum und stellte mich zwischen ihnen beiden auf die Füße. „Ich erzählte Avery gerade, was für ein braves Mädchen sie ist, weil sie zulässt, dass wir uns heute Nacht um sie kümmern."

Dash lachte. „Als ob wir dich beim Gate hätten schlafen lassen. Es ist nicht nur nicht sicher, sondern auch unglaublich unbequem."

Ich spitzte meine Lippen. „Ich kann gar nicht mehr zählen, wie oft ich das schon tun musste. Bei meinem Job lebe ich praktisch in Flughäfen."

Dash kreuzte seine Arme vor seiner breiten Brust, wodurch sich der Stoff seines langärmligen, warmen Hemdes dehnte. Jacksons Hände legten sich auf meine Schultern, er lehnte sich von hinten an mich und küsste mich direkt hinter mein Ohr. Ich erschauderte und zwar nicht, weil mir kalt war.

„Und wie viele Male hast du mit zwei Männern ein Zimmer geteilt?"

Ich hörte einen Hauch Ärger, aber er war nicht auf mich gerichtet. Es war seine Besitzgier, die sich zeigte. Ich hatte ihn seit Jahren nicht gesehen und plötzlich war er ein völliger Alpha-Mann. Na ja, nicht plötzlich. Ich hatte gehört, dass sie beide Tierärzte waren und ihre eigene Tierklinik in der Stadt führten.

Sie waren klug *und* umwerfend. Ich erinnerte mich daran, dass sie schon in der High-School so gewesen waren. Aber jetzt waren sie älter. Dash brachte sie – die Besitzgier – auf ein völlig neues Niveau. Und dieses Niveau ließ meine Klitoris pulsieren.

„Ihr seid nicht einfach *nur* zwei Männer", wandte ich ein. „Es ist lange her, aber ich kenne euch Jungs. Wir sind zusammen zur High-School gegangen."

Dash musterte mich einfach weiterhin mit einer gehobenen dunklen Braue.

„Ihr seid sehr besitzergreifend", antwortete ich und sprach das Offensichtliche aus.

„Oh Schatz, du hast keine Ahnung", entgegnete er, trat auf mich zu und strich mir die Haare aus dem Gesicht. Sie waren wild und verrückt und blieben nie da, wo sie sollten, nicht einmal in einem schlampigen Pferdeschwanz. „Egal, ob wir heute Nacht irgendetwas tun oder nicht, ob du uns erlaubst, dich auszuziehen und zum Orgasmus zu bringen, du wirst nicht in einem verdammten Flughafen schlafen. Wir sind mit unserer Konferenz hier fertig und wir werden dich sicher nach Hause begleiten."

Auch wenn wir für die Nacht in Minnesota feststeckten, so waren wir doch alle auf dem Weg nach Bridgewater. Ich war ihnen am Gate über den Weg gelaufen, da wir drei alle den gleichen Flug gebucht hatten. Den abgesagten Flug.

Ich war zwar in der Kleinstadt in Montana geboren und aufgewachsen, aber ich hatte sie fürs College verlassen und ging selten zurück. Nicht bei meiner verrückten Familie. Aber die Hochzeit meiner Schwester war nicht etwas, das ich umgehen konnte, also war ich hier. Fast zurück in Bridgewater. Nicht zu Hause. Dash und Jackson betrachteten Bridgewater als ihr Zuhause, aber ich nicht. Ich hatte kein wirkliches Zuhause. Ich lebte aus meinem Koffer und zuletzt war er unter einem schmalen Bett in einem *Casa* in Mexiko gestopft gewesen. Als Reisejournalistin wurde ich nicht sesshaft, besonders nicht in Bridgewater.

Der stornierte Flug war wie eine Galgenfrist. Eine Verzögerung für die Rückkehr zu meinen streitenden Eltern und jedem offenkundigen Grund, warum ich immer wieder ging. Es mochte zwar Dezember sein und Weihnachten war nur noch zwei Wochen entfernt, aber meine Familie war nicht wie ein Gemälde von Norman Rockwell. Ich wusste, dass meine Eltern keinen Baum oder irgendeine Art von Weihnachtsdekoration haben würden. Sie machten sich die Mühe nicht. Sie machten sich nicht einmal die Mühe, miteinander auszukommen.

„Ich werde die Nacht nicht am Flughafen verbringen. Ich werde eure Gastfreundschaft nicht ablehnen. Außerdem hatte Jackson gerade seine Hand unter meinem T-Shirt und ich denke, er hat einen Knutschfleck auf meinem Hals hinterlassen. Ich bin mir nicht sicher, wie das möglich war, da ich einen Rollkragenpulli trage", grummelte ich und zupfte an dem hohen Kragen. „Ich denke, die Chancen stehen ziemlich gut, dass ihr zwei heute Nacht Glück haben werdet."

Eine wilde Sex-Party mit zwei Jungs, für die ich in der High-School geschwärmt hatte. Und nach ihrem Aussehen zu schließen, waren sie nicht länger Jungs. Nein, mit siebenundzwanzig waren sie *ganze* Männer. Groß, breitschultrig. Muskulös. Nicht *kantig*.

Ich wollte sie, wollte ihr Gewicht spüren, wenn sie mich ins Bett pressten, wenn ich mich am Kopfbrett festhielt, während sie mich von hinten nahmen. Während sie an meinen Nippeln saugten. Meine Muschi berührten. Zur Hölle, sie leckten.

Ich war keine Jungfrau und ich würde auch nichts anderes vortäuschen. Ich war mit Männern zusammen gewesen. Männern, die ich während meiner Reisen für die Arbeit getroffen hatte. Männern, die mir nicht mehr bedeutet hatten als ein Weg zu einem schnellen Orgasmus. Nachdem ich meine ganze Kindheit meine Eltern beim Streiten beobachtet hatte, hatte ich keine Ahnung, wie eine richtige Beziehung aussehen könnte. Wenn es Ähnlichkeit mit ihrer hatte, hatte ich kein Interesse daran. Das war der Grund, warum ich das Körperliche genoss, aber das war alles. Keine Bedingungen. Kein Daten.

Die Ehe meiner Eltern war völlig unnormal für Bridgewater. Fast alle Ehen waren solide, die Ehemänner – ja, beide von ihnen – waren besitzergreifend und sehr beschützend gegenüber ihrer Frau. Zärtlich. Liebevoll. Mein Dad war überhaupt nicht so. Zur Hölle, er hatte eine ganze Reihe Geliebte und meine Mom stellte sicher, dass sie nicht einsam war. Warum sie nach fast dreißig Jahren immer noch zusammen blieben, verstand ich nicht, aber es war, als würde man einen Autounfall beobachten – überall liegen Sachen verteilt herum, Leute sind verletzt und es gibt keine Möglichkeit, es besser zu machen. Ich hatte es satt, immer das Mittel zu sein, das ihrem Streit noch Nahrung gab. Das war der Grund, warum ich wegblieb. Ich hatte letzten Sommer zwischen meinen Aufträgen für ein Wochenende dort einen Stopp eingelegt auf meinem Weg von Alaska zu den Florida Keys, aber ich hatte mehr Zeit mit Tante Louise verbracht als mit irgendjemandem sonst.

Und jetzt würde ich nach Bridegwater zurückgehen. Mir graute vor jeder einzelnen Minute dort, besonders vor dem algengrünen Brautjungfernkleid, das ich tragen würde. Meine Mutter hatte mir ein Foto per E-Mail geschickt, während ich in Mexiko war. Vielleicht war diese Nacht eine Galgenfrist, eine Galgenfrist mit zwei umwerfenden Männern, von denen ich hoffte, dass sie sehr bald nackt sein würden. Eine Nacht, an die ich mich erinnern konnte, wenn ich in meinem Kindheitsbett liegen und meinen Eltern beim Streiten zuhören würde. Ich hegte keinen Zweifel daran, dass Jackson und Dash der Mittelpunkt meiner Gedanken sein würden, während ich mir monatelang – nein, jahrelang – mit meinem Vibrator einheizte.

Vibratoren hatten keine Affären, gaben einem kein Kontra. Und ich war nicht diejenige, die benutzt wurde.

„Glück?", fragte Jackson mit den Händen auf meinen Schultern, während er mich näher zum Bett schubste. Seine Daumen drückten sanft in meinen Rücken. „Es war Glück, dass wir dich am Gate gefunden haben, dass wir auf dem gleichen Flug waren. Dass wir die Nacht mit dir verbringen werden."

„Dass wir mit dir zurück nach Bridgewater reisen werden", fügte Dash hinzu. Er zog seine Fließjacke aus. Es war eiskalt draußen, weit unter null Grad und der Schnee flog dick und seitlich vor dem Fenster vorbei und dennoch trug er nichts Wärmeres.

„In Bezug darauf, was wir mit dir tun werden, ist jedoch kein Glück involviert." Jacksons schelmisches Grinsen kehrte zurück und ich sollte verdammt sein, wenn es nicht absolut hinreißend zusammen mit seinem Bart aussah. Während sein Haar braun war wie Dashs, war es doch einige Schattierungen heller. Ich hatte gefühlt, wie weich es war, als er mich geküsst hatte und ich fragte mich, wie es sich an...anderen Stellen anfühlen würde. Wie zum Beispiel zwischen meinen Schenkeln. Wie es wohl sein würde, wenn ich meine Finger darin vergraben würde, während er mich zum Höhepunkt brachte. Und ich wusste, er würde in der Lage sein, es zu tun. Dash ebenfalls.

Ich hatte noch nie mit einem Kerl aus Bridgewater geschlafen, geschweige denn zweien. Aber, wenn ich es tun würde und ich würde...waren Jackson und Dash definitiv meine Fantasiemänner und ich wusste, heute Nacht würde ein wilder Ritt werden. Wir mussten nirgends sein, bis sich der Schneesturm aufgelöst hatte und das Flugverbot aufgehoben wurde. Es gab keine anderen Hotelzimmer – das war der Grund, warum sie mir angeboten hatten, ihres mit ihnen zu teilen – selbst wenn ich eines gewollt hätte.

„Was macht ihr in Minneapolis? Was hat euch zu meinem Gate geführt?", fragte ich lächelnd. Wir hatten nicht viel geredet, seit wir zu dem angeschlossenen Hotel gelaufen waren und es geschafft hatten, ein Zimmer zu bekommen.

„Tierarztkonferenz", antwortete Jackson.

„Stimmt", erwiderte ich und betrieb Small Talk, obwohl ich sie gerade förmlich mit meinen Augen fickte. „Ihr Jungs habt eine Klinik in der Stadt eröffnet, richtig?"

Ich erinnerte mich daran, dass ich es von meiner Schwester gehört hatte. Jackie hatte Bridgewater nie verlassen. Zur Hölle, sie hatte nie ihren High-School Job als Kellnerin im einheimischen Barbecue-Restaurant verlassen. Wir hatten in diesen Tagen so gut wie gar nichts gemeinsam. Also bestanden unsere Konversationen daraus, dass sie mich über den Stadtklatsch informierte. Ausnahmsweise erwiesen sich ihre ständigen Kommentare als nützlich.

Dash nickte. Keiner von ihnen berührte mich, aber ihre Blicke waren heiß und verdammt sexy.

„Genug Small Talk", beschloss er.

„Ich stimme zu. Wie Jackson sagte, war es Glück, dass wir uns über den Weg gelaufen sind. Eine Nacht zusammen, in einem Hotelzimmer festzustecken und nichts zu tun zu haben", ich zuckte mit den Achseln, „warum sollten wir nicht ein wenig Spaß haben, während wir hier festsitzen? Wie ich sagte, war ich zuvor noch nie mit zwei Männern zusammen, aber ich habe definitiv darüber nachgedacht. Zeigt ihr mir, was ich verpasst habe?"

„Du hast darüber nachgedacht?" Dashs Mundwinkel verzogen sich nach oben. „Ich denke, du hast es völlig falsch verstanden, Jackson", sagte er zu seinem Freund, aber hielt seine Augen auf mich gerichtet. „Es scheint, dass die kleine Avery hier schrecklich versaut geworden ist."

Meine Knie wurden schwach bei der Art, wie er das Wort *versaut* aussprach, so dass Dash einen Arm um mich schlang, um mich aufrecht zu halten. Verdammte Hölle, ich fühlte mich in der Nähe der beiden versaut. Mein Gehirn war zu verruchten, schmutzigen Plätzen gewandert – zwischen ihnen.

Dash hielt mich eng an seine harte Brust gedrückt und ich spürte, wie sich Jackson hinter mir bewegte, so dass ich zwischen ihnen eingeklemmt war, ihre steinharten Körper hielten mich gefangen und aufrecht.

Jackson schob meine langen, braunen Locken zur Seite, als er meinen Hals, so gut er es mit meinem Pullover im Weg konnte, liebkoste. Da war wieder dieser kitzelnde Bart. „Wir wollen dies schon seit langer Zeit tun, Liebling. Schon seit der High-School, als wir noch geile Teenager waren. Du bist seitdem unser Fantasy-Mädchen. Wir waren jedes Mal, wenn wir dich sahen, wenn du nach Hause kamst, scharf auf dich, aber hatten uns nie ausgemalt, dass es passieren würde. Bis jetzt. Verdammt, ja.“

Ich wimmerte. Ja, seine Ehrlichkeit war verdammt heiß, besonders, da ich nicht glaubte, dass ich so ein großer Fang war. Aber sie hatten mich gewollt seit...Jahren? Während ich ihre harten Schwänze, die gegen mich drückten, spürte, konnte ich auch ihr angestautes Verlangen, in mich einzudringen, fühlen.

Gott, ja.

HOLEN SIE SICH IHR KOSTENLOSES BUCH!

TRAGEN SIE SICH IN MEINE E-MAIL LISTE EIN, UM ALS ERSTES VON NEUERSCHEINUNGEN, KOSTENLOSEN BÜCHERN, SONDERPREISEN UND ANDEREN ZUGABEN ZU ERFAHREN. SIE ERHALTEN EIN KOSTENLOSES BUCH FÜR IHRE ANMELDUNG! TRAGEN SIE SICH IN MEINE E-MAIL LISTE EIN, UM ALS ERSTES VON NEUERSCHEINUNGEN, KOSTENLOSEN BÜCHERN, SONDERPREISEN UND ANDEREN ZUGABEN ZU ERFAHREN. SIE ERHALTEN EIN KOSTENLOSES BUCH FÜR IHRE ANMELDUNG!

kostenlosecowboyromantik.com

ÜBER DIE AUTORIN

Vanessa Vale ist eine USA Today Bestseller Autorin von über 40 Büchern. Dazu zählen sexy Liebesromane, einschließlich ihrer bekannten historischen Liebesserie Bridgewater, und heißen zeitgenössischen Romanzen, bei denen dreiste Bad Boys, die sich nicht nur verlieben, sondern Hals über Kopf für jemanden fallen, die Hauptrollen spielen. Wenn sie nicht schreibt, genießt Vanessa den Wahnsinn zwei Jungs großzuziehen, findet heraus wie viele Mahlzeiten man mit einem Schnellkochtopf zubereiten kann und unterrichtet einen ziemlich guten Karatekurs. Auch wenn sie nicht so bewandert in Social Media ist wie ihre Kinder, so liebt sie es dennoch, mit ihren Lesern zu interagieren.

www.vanessavaleauthor.com

HOLE DIR JETZT DEUTSCHE BÜCHER VON VANESSA VALE!

Du kannst sie bei folgenden Händlern kaufen:

Amazon.de
Apple
Weltbild
Thalia
Bücher
eBook.de
Hugendubel
Mayersche

Lightning Source UK Ltd.
Milton Keynes UK
UKHW021440030720
365983UK00006B/1140